A^D MAME ET CIE

A TOURS

IMPRIMERIE – LIBRAIRIE – RELIURE

NOTICE ET DOCUMENTS

TOURS

IMPRIMERIE A^D MAME ET CIE

M DCCC LXII

A^D MAME ET CIE

A TOURS

IMPRIMERIE – LIBRAIRIE – RELIURE

NOTICE ET DOCUMENTS

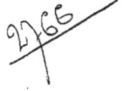

Entrée principale de l'établissement.

A^D MAME ET CIE

A TOURS

IMPRIMERIE – LIBRAIRIE – RELIURE

===

NOTICE ET DOCUMENTS

TOURS

IMPRIMERIE A^D MAME ET CIE

M DCCC LXII

1862

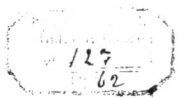

A^D MAME ET CIE

A TOURS

IMPRIMERIE – LIBRAIRIE – RELIURE

PREMIÈRE PARTIE

La fin du siècle dernier vit naître à Tours une imprimerie dont le fondateur, M. Amand Mame, jeune, ardent, infatigable, ne redoutant aucune concurrence, parvint en peu d'années à se former une clientèle considérable et à s'ouvrir d'importants débouchés. Un tel exemple de labeur opiniâtre devait porter ses fruits; aussi développa-t-il dans la famille qui en était témoin cette application au travail, ce désir de produire destinés à amener plus tard d'incalculables résultats.

En 1830, M. Amand Mame s'associa son neveu devenu son gendre [1], et en 1833 son fils aîné, M. Alfred Mame. Durant cette période, l'établissement s'achemina avec succès dans cette voie que l'avenir devait élargir et féconder.

La retraite de M. Ernest Mame, survenue au commencement de l'année 1845, laissa M. Alfred Mame seul propriétaire de la maison fondée par son père et où il avait apporté depuis quinze ans le concours de son activité. Pressentant les destinées futures de l'entreprise à laquelle il avait consacré toute l'ardeur de sa jeunesse, mesurant la portée du but qu'elle pouvait atteindre, il résolut de donner à son industrie un accroissement qui la mît en rapport avec les besoins qu'il avait entrevus et qu'il aspirait à satisfaire. Dès ce moment,

---

[1] M. Ernest Mame, aujourd'hui maire de Tours, membre du Conseil général du département d'Indre-et-Loire, député au Corps législatif.

1

---

l'imprimerie, qui un demi-siècle auparavant scellait dans le sol sa première presse, allait voir centupler sa force d'expansion; le ruisseau allait devenir un fleuve.

C'est donc de cette époque que date la transformation complète de la maison Mame, qui jusque là, tout en poursuivant sa marche progressive, s'était contenue dans des limites assez restreintes. En 1845, les vieux ateliers sont abandonnés; des constructions spacieuses s'élèvent sur le terrain qu'ombrageaient les arbres séculaires de l'ancienne intendance; des presses mécaniques perfectionnées y prennent place, et sont mises en mouvement par une puissante machine à vapeur. D'immenses galeries viennent s'annexer successivement à la librairie, dont le catalogue s'enrichit de collections nouvelles.

A la suite de cette vaste extension donnée à son imprimerie-librairie, M. Alfred Mame voulut compléter son œuvre par la création d'un grand atelier de reliure proportionné aux besoins de ses ventes, et offrant les avantages afférents aux organisations largement conçues, ceux de la division et de l'appropriation du travail. Il avait reconnu que cette main-d'œuvre acquérait chez lui une importance capitale; qu'au lieu de rester éventuelle et accessoire, elle était devenue fondamentale. Force lui fut donc de s'assimiler cette industrie nouvelle, qui entraîna la formation d'un nombreux personnel et la construction spéciale d'un immense bâtiment.

M. Alfred Mame réalisa avec ses seules ressources, sans le concours d'aucune association, ces agrandissements, qui triplaient l'importance de son usine. Il exécuta seul ce plan que seul il avait conçu et osé entreprendre, dont l'opportunité lui fut depuis prouvée par le succès, et dont il appliqua ensuite les résultats à de nouvelles extensions de travaux.

En 1859, le représentant d'une nouvelle génération, le fils unique du chef actuel de la maison, M. Paul Mame, est venu partager avec son père la direction de cette manufacture si complexe, où les détails se multiplient à l'infini, où la responsabilité morale est constamment engagée, en un mot, à laquelle nul autre genre de fabrication ne saurait, de près ni de loin, être comparé [1].

---

[1] Existe-t-il, dans quelque industrie que ce soit, une production où, après avoir pourvu à tous les soins matériels, il reste encore une aussi lourde tâche à accomplir? L'imprimerie, en thèse générale, est astreinte envers l'autorité à des obligations qui sans cesse lui créent des incertitudes qu'elle ne peut résoudre et des dangers qu'elle ne saurait prévenir. Combien cette position n'est-elle pas plus compromettante lorsqu'il s'agit de livres où les textes sacrés doivent être reproduits avec la

Imprimerie. — Atelier de composition

Cette adjonction, qui ouvrait un horizon plus étendu, a été l'occasion de nouveaux agrandissements destinés à compléter l'œuvre fondée sur une large base, mais imparfaite encore sur certains points; elle a déterminé d'importantes acquisitions de terrains, qui, combinés avec le percement d'une rue nouvelle, ont donné à l'ensemble les proportions d'un immense quadrilatère. Grâce à cette succession de développements apportés à l'usine dans toutes ses parties, elle peut aujourd'hui fonctionner avec aisance et se mouvoir dans une grande liberté. Son personnel, dont l'accroissement est incessant, est assuré de s'y caser convenablement, quoi qu'il arrive; ses facilités de fabrication y sont également garanties; et son approvisionnement, quel qu'il puisse être, y trouvera toujours une place suffisante. L'installation, première condition du bon travail, en est donc bien conçue et bien ordonnée, et les nombreux visiteurs qui inspectent la maison Mame rendent unanimement justice à l'esprit organisateur sous l'influence duquel elle a été montée dans tous ses détails, et qui préside assidûment à son administration.

Telle a été l'origine de cet établissement, tels ont été ses débuts, tels ont été ses progrès, telle est enfin sa situation présente. Nous avons cru devoir exposer brièvement ces notions préliminaires, avant de donner une description détaillée des différentes branches dont il se compose, et de faire voir dans quel sens est dirigée son active exploitation.

COUP D'ŒIL GÉNÉRAL

La maison Mame, grâce aux annexions successives qui s'y sont formées, occupe aujourd'hui une position unique; il n'en existe aucune qui lui soit analogue, ni en France ni à l'étranger. Ce n'est pas une imprimerie livrant au commerce ou au public les produits de ses ateliers, ce qui se rencontre fréquemment dans

plus scrupuleuse fidélité, ou bien encore d'ouvrages destinés à l'éducation de la jeunesse, dans lesquels une phrase mal sonnante, un seul mot équivoque, peuvent donner lieu aux critiques les plus rigoureuses! Pour remplir exactement les conditions d'un pareil programme, pour suffire à toutes ses exigences, il faut plus que de la vigilance, il faut une tension constante des facultés intellectuelles, il faut du dévouement, il faut avoir foi dans son œuvre et y consacrer tous les instants de sa vie.

de grandes villes, souvent même sur une large échelle; c'est une vaste usine intellectuelle, qui réunit dans sa sphère d'activité des opérations ordinairement réparties entre plusieurs mains, et constituant autant d'industries différentes : celles de l'imprimeur, de l'éditeur, du libraire, du relieur, du stéréotypeur, auxquelles se joignent accessoirement la direction des travaux du dessinateur, du graveur, de l'imprimeur en taille-douce, de l'imprimeur lithographe, etc., et la surveillance assidue de toutes les manutentions auxiliaires, telles que la fonderie et la gravure des caractères, l'usine à encre, la papeterie, la peausserie, etc. etc. Enfin tel est le résultat de cet ensemble d'opérations si nombreuses et si compliquées, que les matières premières qui concourent à la confection du livre s'y fusionnent toutes comme dans un creuset, où le livre s'élabore, et d'où il sort pour passer directement dans les mains de l'acheteur.

Trois points de vue principaux ont toujours guidé la production de l'imprimerie Mame, et c'est leur concours qui a déterminé son prodigieux développement :

1° L'esprit inattaquable de ses publications, toutes à l'abri du reproche, toutes soumises à de sévères examens et revêtues d'approbations dont l'imposante autorité les rend dignes d'une confiance aveugle;

2° La modicité de leur prix de vente, modicité inouïe dans les annales de la librairie, inexplicable pour les acheteurs, et que seuls rendent possible un débit considérable et des bénéfices restreints;

3° Des conditions de fabrication réellement supérieures, obtenues par l'emploi des meilleurs instruments et des machines les plus perfectionnées.

Nous allons jalonner sommairement les différents genres qui composent le fonds de cette librairie, très-variée dans sa production, mais homogène dans son esprit, et dont toutes les parties convergent vers un même but moral.

1° En première ligne se présente cette pléiade de beaux livres, dont le mérite, proclamé par les juges des concours, a été confirmé par les suffrages des connaisseurs les plus éclairés. Nous pouvons citer :

La Touraine, ce magnifique in-folio qualifié de chef-d'œuvre par le jury international de 1855; il s'est acquis une renommée telle, qu'il nous suffira ici de le rappeler comme une des gloires de la maison Mame et de la typographie française.

Le *Missel illustré*, tout récemment publié dans le format in-folio, texte noir et rouge, avec des encadrements, de nombreuses gravures sur bois et de magnifiques estampes sur acier composées par M. Hallez, en un mot et sans contredit la plus belle édition qui ait jamais paru. Ses types, gravés et fondus exprès dans des formes magistrales, la pureté du tirage, le ton brillant et vigoureux des encres, la précision obtenue pour le repérage des rubriques, la fidélité du texte, élèvent ce livre à la hauteur d'un chef-d'œuvre.

Enfin, dans le même format, la *Sainte Bible*, entreprise monumentale que l'art et la typographie s'efforcent à l'envi de rendre digne de son titre, et dont les prémices étaient réservées à l'exposition de Londres.

Une collection de volumes illustrés, du format grand in-8°, qui peuvent lutter, pour la richesse et l'élégance d'exécution, non moins que pour le mérite littéraire, avec les meilleurs produits des librairies françaises et étrangères. *Les plus belles Églises du Monde*, — *Un Hiver en Égypte*, — *la Terre-Sainte*, — l'*Histoire de Notre-Seigneur Jésus-Christ*, — l'*Histoire de la Révolution française*, — l'*Histoire de Paris*, — le *Voyage en France*, — le *Voyage dans l'Allemagne méridionale*, — les *Voyages et Découvertes au* xix* siècle*, — le *Petit Carême de Massillon*, etc. etc., sont des volumes tels, que dans des conditions égales il n'en existe nulle part à un prix aussi modéré.

Dans le format in-12, nous nommerions les *Œuvres de Schmid*, — *Robinson Crusoé*, — *Robinson Suisse*, — le *Pilote Willis*, — les *Récits de l'Ancien et du Nouveau Testament*; dans le format in-18, les *Fables de la Fontaine*, — l'*Alphabet*; tous brillamment illustrés.

Parmi les livres de piété, il en est de très-remarquables : un nouveau *Livre de Mariage*, orné d'encadrements en couleur avec un sujet spécial pour chaque fête, de gravures et de chromo-lithographies; — un *Livre d'Heures*, édité sur le même plan; — un *Paroissien*, édition perle, très-apprécié par l'élite des acheteurs; — des éditions de l'*Imitation*, de la *Journée du Chrétien*, etc., qui toutes jouissent d'une vogue inépuisable; — le *Bréviaire* et le *Diurnal*, éditions tirées en noir et rouge.

La collection publiée par la *Société des Bibliophiles Tourangeaux*, dans les formats grand et petit in-8°, sur papier de Hollande, avec les recherches minutieuses qu'un pareil titre impose à l'imprimeur.

Enfin, comme complément et couronnement de ce faisceau de richesses typo—

graphiques, une collection d'exemplaires uniques sur peau de vélin appartenant aux éditions de *la Touraine,* des *Bibliophiles Tourangeaux,* des grands in-8° illustrés, tous admirablement venus; or les amateurs savent qu'une peau de vélin *unique* et *réussie* est une rareté inappréciable.

2° Livres d'éducation. Ils offrent tous la caution d'une censure préalable, très-sévère dans son examen. Les saines doctrines qu'ils renferment, la variété des sujets qu'ils traitent, la valeur morale et littéraire qu'ils possèdent, les font rechercher non-seulement de toute la France, mais de toutes les nations qui forment le monde chrétien, comme l'aliment le plus substantiel et le plus convenable pour la jeunesse. Aussi les nombreuses collections dans lesquelles ils se classent, depuis le format grand in-8° jusqu'au petit in-32, trouvent-elles un écoulement considérable à l'occasion des étrennes et des distributions de prix.

3° Livres d'enseignement primaire. Cette catégorie comprend les traités particulièrement composés pour les écoles chrétiennes, et revêtus de l'approbation du conseil universitaire; les ouvrages à l'usage des écoles primaires, des maisons d'éducation et des établissements religieux. Plusieurs de ces volumes atteignent annuellement à un chiffre de tirage fort élevé. Sans parler du mérite didactique de ces classiques qui est constaté annuellement par un immense débit, leur exécution matérielle les place au niveau des livres les mieux établis pour tous les degrés de l'instruction publique.

4° Publiés sous les formes les plus usuelles comme aussi les plus élégantes, les livres d'offices et de piété offrent le choix le plus ample à tous les besoins, et une satisfaction complète à toutes les exigences, depuis celles de l'enfance jusqu'à celles de la vieillesse. Ils embrassent toutes les époques de l'année religieuse. De beaux volumes liturgiques, des *Missels* in-folio et in-4°, des *Bréviaires* et des *Diurnaux* figurent avec honneur dans cette section.

Nous venons d'énumérer les grandes divisions qui se partagent le fonds de la librairie Mame; en terminant, nous ne saurions trop insister sur cette observation, que les produits si divers qu'elles comprennent se font tous remarquer, soit d'une manière absolue, soit d'une manière relative, par deux conditions

Imprimerie. — Atelier de presses mécaniques

essentielles et qui sembleraient s'exclure, la supériorité d'exécution et l'extrême modération des prix.

Un fait commercial qu'il importe de constater, comme une des particularités les plus dignes de remarque, c'est que dans un temps où un grand nombre d'objets de consommation suivent, dans leur prix vénal, une progression ascendante, le but et le résultat des combinaisons de cette maison soit d'arriver à des *réductions*. Et pourtant, non-seulement rien ne la soustrait aux augmentations de salaires et de fournitures de tout genre, qui affectent d'une manière générale la situation de l'industrie; mais encore ses prix de main-d'œuvre sont élevés, et elle n'emploie que des matériaux de première qualité.

IMPRIMERIE

L'imprimerie, destinée à satisfaire les besoins de la librairie, est pourvue de plus de vingt mécaniques, mues par la vapeur, qui glacent, coupent, impriment et montent le papier. Quelques-unes des machines à imprimer, d'invention française, exécutent avec une incontestable supériorité des tirages du plus grand luxe. La puissance de production de cet atelier est de vingt mille volumes par jour, en prenant pour moyenne des différents formats un volume in–12 de dix feuilles. Un travail annuel de trois cents jours donne donc pour résultat six MILLIONS de volumes. Il ne faut pas remonter très-haut dans l'histoire de la typographie pour rencontrer une époque où les presses du monde entier ne réalisaient pas ce prodigieux enfantement.

Une grande quantité de volumes sont conservés en caractères mobiles; d'autres le sont sous forme de clichés, fondus par l'atelier de stéréotypage.

Le local de l'imprimerie comprend :

1° Un vaste atelier de composition, ayant pour annexes des cellules où les correcteurs d'épreuves trouvent du silence et du recueillement; des réserves pour les caractères soit en conservation, soit en distribution; une stéréotypie; un séchoir; un atelier d'assemblage;

2° Un atelier pour les machines à imprimer, parfaitement approprié à sa destination sous le rapport de l'espace, du jour et de la température; les transmissions de mouvement y sont toutes renfermées dans des caniveaux souterrains, ce qui éloigne de la vue un appareil incommode d'arbres de couche, de tambours, de poulies, de pignons, etc.; et ce qui a encore l'avantage plus sérieux d'écarter les dangers inhérents aux courroies apparentes, dangers dont les fâcheux effets se renouvellent trop souvent dans les usines. Cet atelier a pour annexes : un atelier de glaçage, un atelier pour les presses manuelles, la tremperie, la laverie et la fonderie de rouleaux, la machine à vapeur et tous ses accessoires; enfin des magasins de papier blanc, où peuvent facilement s'empiler cinquante mille rames de tous formats.

RELIURE

C'est rarement à l'état de feuilles, rarement aussi à l'état de brochures, que les produits de l'imprimerie quittent leurs magasins. Ce n'est généralement qu'après y avoir reçu une confection dont les genres se diversifient à l'infini.

Le cartonnage comprend le simple papier de couleur, le parchemin, les gaufrages les plus élégants, le papier imitation de toile, la percaline, tranche jaspée ou tranche dorée.

La reliure a des variétés innombrables, depuis la basane jusqu'au chagrin, au maroquin du Levant, au cuir de Russie, au velours, à l'écaille et à l'ivoire; ornés des garnitures les plus simples et les plus riches, depuis l'argenture et la dorure jusqu'à l'argent et l'or contrôlés, avec des tranches marbrées, ciselées ou en couleur.

Après avoir résolu le problème du livre réduit à sa moindre valeur vénale, la maison Mame a complété son œuvre en s'imposant la même tâche pour la reliure, seconde main-d'œuvre qui le parachève, le rend maniable, lui donne la solidité et la durée. C'est dans ce but qu'elle a construit de vastes ateliers, formé un personnel qui comprend aujourd'hui plusieurs centaines d'ouvriers des deux sexes, et créé une organisation toute nouvelle; car un grand atelier de reliure est sans exemple en France, non-seulement comme annexe, mais encore comme spécialité.

Il n'existe peut-être pas de confection aussi chargée de détails que la reliure, et peu de personnes, lorsqu'elles tiennent un volume relié en maroquin et doré sur tranche, soupçonneraient qu'après être sorti de la presse, et indépendamment des opérations si multipliées qu'elle comporte, il a passé successivement

Atelier de pliure

AD MAME ET CIE, A TOURS

Atelier de reliure

par plus de quatre-vingts mains. C'était donc une entreprise neuve et hardie, une création complète, devant laquelle cependant on n'a pas reculé.

La Reliure occupe trois immenses ateliers, sans parler des magasins où sont déposés ses approvisionnements de tout genre, peaux, cartons, etc. Un de ces ateliers est principalement consacré à des travaux de femmes, pliure et couture des volumes. Un autre voit s'exécuter les opérations si variées qui contribuent à les terminer et à les livrer au commerce : telles sont, entre autres, l'endossure, la rognure, la marbrure, la dorure sur tranches, la parure des peaux, la couvrure, la dorure sur cuir, la gaufrure. Nous omettons une foule de mains-d'œuvre intermédiaires qui complètent la longue série des travaux du relieur. Les machines et les outils les plus perfectionnés apportent aux opérations de toute nature non-seulement célérité et économie, mais encore régularité et perfection. Il en est résulté en fort peu de temps un progrès que le public a hautement proclamé.

Quelles que soient dans les ateliers Mame l'importance et la rapidité de cette confection, ils ont réussi à mettre au jour des reliures du plus grand luxe, d'une richesse et d'une élégance admirables, dignes enfin d'entrer en lutte avec les modèles les plus remarquables qui paraissent aux expositions, de les égaler par l'exécution, et de les surpasser par une variété illimitée. On a prouvé ainsi qu'une fabrication pratiquée en grand, qui permet aux ouvriers d'améliorer incessamment un travail dont ils font leur étude constante, et dont ils ne sont distraits par aucune besogne inférieure ou passagère, doit créer parmi eux de fortes spécialités, et reculer, sous le rapport de la qualité comme du produit, les bornes d'une industrie.

Relatons encore une particularité qui mérite de n'être pas omise : c'est que l'atelier de Tours s'est exclusivement recruté d'ouvriers du pays, qui y ont fait un apprentissage complet, et dont quelques-uns y sont parvenus, sans sortir de la maison, à un haut degré d'habileté.

LIBRAIRIE

En indiquant plus haut les grandes divisions de la librairie Mame, nous avons fait observer que, si elles différaient de genre, elles étaient liées par une intime connexion; en effet, n'est-ce pas dans la *religion* que l'*éducation* et l'*instruction* trouvent leur base la plus solide? Cet ensemble de publications offre donc à la jeunesse sa subsistance morale et intellectuelle, tout ce qui peut nourrir son âme et orner son esprit. Pour l'enfant du peuple qui suit les cours de l'école primaire, c'est de là que sortent à la fois le classique compagnon de ses études et l'élégant volume qui, obtenu comme la récompense annuelle de ses travaux, doit récréer ses loisirs et jeter les fondements de sa bibliothèque. Tous les établissements enseignants, les communautés religieuses, les institutions laïques, les colléges, les lycées, s'y approvisionnent pour leurs distributions de prix. Les libraires sont assurés d'y rencontrer, aux approches du jour de l'an, l'assortiment le plus complet et les nouveautés les plus séduisantes. Les grandes illustrations, les grands in-8°, la collection des *Bibliophiles,* y déploient toutes leurs richesses de gravures, de typographie et de reliure. Histoire, voyages, découvertes, expéditions et aventures maritimes, biographies, descriptions pittoresques, arts et métiers, romans moraux et récits édifiants, tous les sujets propres à procurer d'utiles et instructives distractions, s'y réunissent comme dans une vaste encyclopédie.

Tous les ans les gaufrages chargés de couleurs et de dorures qui recouvrent les volumes cartonnés y sont remplacés par de nouveaux modèles. Les innovations de la reliure y sont plus fréquentes encore, et deux ou trois fois dans l'année elle livre à la consommation des produits inspirés par les plus belles époques de l'art, ou par l'esprit d'invention qui la soutient dans la voie du progrès, soit qu'il s'agisse de procédés et de résultats économiques, soit qu'elle ait à se distinguer dans l'emploi des plus riches matériaux. Là comme ailleurs la mode exerce son empire; mais ses variations y tendent moins à la fantaisie qu'à la perfection et à une solidité qui n'exclut jamais l'élégance.

Les innombrables casiers de la Librairie, dans lesquels doivent trouver place tous les genres de confection, distingués entre eux par la couleur de leur enveloppage, sont répartis dans quatre grandes galeries, qui contiennent TROIS MILLIONS de volumes, et où sont également casées les gravures, les couvertures de cartonnage, ainsi que tous les autres accessoires. De grandes tables s'étendent au centre des galeries, et dans toute leur longueur, pour recevoir en dépôt les articles dont se compose chaque demande de correspondant, jusqu'au jour fixé pour son expédition. Alors elle est transportée, à l'aide d'un chariot roulant, dans les pièces disposées pour les emballages.

Galerie de librairie

Magasin de papiers imprimés

De nombreux et immenses magasins, dans lesquels les livres en feuilles sont mis en ballots au sortir de l'atelier de l'assemblage, forment les réserves de la Librairie. C'est là que les éditions s'alignent avec un aspect monumental, en forme de rues, de places et de carrefours, les ballots figurant les pierres de taille, jusqu'au moment où le relieur démolira cet édifice, promptement reconstruit grâce à l'activité des presses.

ILLUSTRATIONS

DESSINS, GRAVURES EN TAILLE-DOUCE, GRAVURES SUR BOIS

L'illustration, qui donne un si grand charme aux publications modernes, joue ici un rôle fort important; elle y figure à tous les degrés de l'échelle artistique, depuis l'humble vignette qui orne l'opuscule à cinq centimes jusqu'à l'estampe de haut prix qui s'étale dans les grands in-folio. Il n'est donc pas un des livres de la maison Mame qui ne pût prendre pour devise : *Utile dulci.*

Toutes les gloires de l'illustration, MM. Karl Girardet, Français, Hippolyte Bellangé, Durand-Brager, Hallez, Catenacci, Grandville, et tout dernièrement Gustave Doré, ont concouru de leur pinceau ou de leur crayon à former cette immense collection de vignettes sur acier ou sur bois; quelques-uns même de ces célèbres artistes ont obtenu pour cette coopération des récompenses spéciales.

La plupart des livres d'éducation doivent leur ornementation au talent si flexible et si exercé de M. Karl Girardet, auquel revient une très-forte part dans l'exécution de *la Touraine.* Les scènes dramatiques de la Révolution française ne pouvaient rencontrer un plus habile interprète que M. Hippolyte Bellangé. A Grandville est échue la tâche de rendre les types de don Quichotte et de Sancho, si bien appropriés à sa verve comique. M. Français a trouvé dans les sites de la Touraine l'occasion de déployer toutes les ressources de son pinceau paysagiste. M. Gustave Doré exécute en ce moment pour les presses tourangelles cette *Bible,* qui sera la plus capitale de toutes ses œuvres, déjà si nombreuses et si universellement admirées. Les livres de piété ont pour illustrations les compositions de M. Hallez, toutes empreintes d'une science approfondie des sujets et d'un sentiment religieux qui leur donnent un cachet de rare distinction. Rien de comparable aux encadrements du *Livre d'Heures* et du *Livre de Mariage,* si délicatement brodés par M. Catenacci; ils rappellent ce que la renaissance a créé de plus fin et de plus précieux.

Ce fonds de gravures, accumulé pendant une vingtaine d'années au prix d'un énorme capital, est aujourd'hui d'une richesse considérable. Les bois sont imprimés par des machines de la plus grande précision. Le tirage des planches en taille-douce se fait, sous la direction de M. Berthiault, dans un élégant atelier uniquement affecté aux impressions de la librairie Mame, pourvu d'un excellent matériel, et d'un personnel exercé aux plus beaux travaux.

Les dessins des reliures de luxe sont exécutés par M. Giacomelli, dont le crayon et le ciseau se sont acquis une juste renommée.

RÉSUMÉ

On a vu par ce qui précède quelle est l'importance de la production et quelle est la variété des opérations dont elle se compose; on peut donc se figurer le nombre et l'étendue des ateliers et des magasins nécessaires pour cette série de travaux de tout genre, pour la mise en réserve des matières premières ou des volumes terminés, de telle sorte qu'il n'y ait aucun trouble, aucune confusion à redouter pour les expéditions. La description sommaire de ces immenses locaux a pu faire comprendre et l'emplacement qu'ils occupent et les dépenses qu'ils ont occasionnées.

L'établissement, primitivement fondé au centre de la ville de Tours, est une agglomération formée de plusieurs annexions successives, et couvre aujourd'hui une vaste superficie. Trois rues donnent accès dans autant de ses parties; sur l'une d'elles règne dans une grande étendue une façade monumentale.

Les arrivages et les sorties ne se font pas du même côté; on évite ainsi les encombrements et les croisements, qui sont des causes d'accidents ou de désordres.

Chacun des services de la maison est placé sous la direction d'un chef spécial, assisté de plusieurs contre-maîtres ou employés, qui y maintiennent l'ordre et le silence, et y font observer toutes les mesures nécessaires pour la propreté et pour la facilité des travaux. Dans l'hiver, la température y est réglée par des calorifères, suivant le nombre de degrés exigé par chaque nature d'opérations. Des cadrans, placés dans les ateliers et dans les galeries, y marquent le commencement et la cessation du travail, et chacun reconnaît la loi de ce régulateur commun.

Par un concours de dispositions qui se rencontre fort rarement dans les usines, les ateliers, entourés de jardins qui les alimentent d'un air pur, réunissent tous les éléments d'une salubrité parfaite, et offrent aux nombreux enfants qu'elle occupe sans fatigue un asile généralement plus sain que l'habitation paternelle.

Tel est le genre de production, tels sont les moyens d'action et les conditions de travail de cet établissement, qui, avec beaucoup de chances d'accroissement, occupe dans son enceinte environ mille ouvriers, et qui en fait vivre, dans la ville de Tours et aux environs, un nombre à peu près égal, en appelant à lui la coopération d'autres industries, papeteries, fonderies de caractères, fabriques d'encre et de cartons, peausseries, etc. etc.

L'importance des produits, leur bas prix et leur incontestable utilité, la concentration de sa fabrication sur un même point, comme manufacture et comme comptoir tout ensemble, permettent d'affirmer qu'il n'existe pas en Europe une autre création de ce genre, à la fois industrielle et commerciale, qui ait pris un pareil développement, et qui suive une marche aussi constante dans la voie du progrès.

Pour suffire à son prodigieux écoulement, pour répondre à première vue aux demandes qui affluent des moindres localités, de toutes celles où il se trouve une école ou un lecteur, d'immenses approvisionnements sont nécessaires, non-seulement en livres confectionnés, mais encore en ballots de feuilles imprimées toujours prêtes à remplir les casiers à mesure qu'ils se vident. Ce n'est pas sans un grand déploiement de capitaux et sans une vigilance constamment éveillée, qu'on peut réussir à imprimer et à terminer en temps utile, suivant les genres de confection exigés par les différentes époques de l'année, par les étrennes, les distributions de prix ou la rentrée des classes, ces volumes de conditions si diverses, attendus à jour fixe par les clients. On peut affirmer qu'il y a dans la concordance de tous ces détails de fabrication, depuis l'entrée du manuscrit, du papier blanc et des caractères jusqu'aux dernières opérations du relieur, un problème d'efforts et de prévisions des plus difficiles à résoudre.

A côté de cette production si économique, et qui propage si puissamment dans toutes les classes les principes de morale les plus salutaires, les plus propres à affermir les fondements de la société, viennent se placer quelques œuvres de grand luxe, et qui parfois s'élèvent jusqu'aux sommités les moins accessibles de la librairie. Ainsi, en même temps qu'il s'y livre aux besoins de la consommation la plus modeste des opuscules du prix de CINQ CENTIMES [1], on s'y attache, moyennant de grands efforts et de lourds sacrifices, à satisfaire les connaisseurs les plus éclairés en leur offrant certaines conceptions de haute illustration, que nous avons citées plus haut, et dans lesquelles la typographie, la gravure sur bois et sur acier, l'impression en couleurs, la papeterie et les plus brillantes combinaisons de la reliure luttent de richesse, d'élégance et de perfection pour atteindre à des résultats peut-être inconnus jusqu'à ce jour.

La maison Mame ne pourvoit pas seulement par des salaires élevés aux besoins de son nombreux personnel; il existe dans ses différents ateliers des *caisses de secours* pour les malades, qui ont été fondées sous l'impulsion et avec l'assistance du chef de l'établissement. Son intervention s'est également manifestée, à l'occasion de l'institution de la *Caisse des retraites pour la vieillesse*, par des versements qui y sont faits au profit de ses ouvriers et en prévision des nécessités de l'avenir.

[1] In-18 de 36 pages, avec gravure et couverture imprimée, plié et rogné.

X.

Vue générale de l'établissement

———⋅→⋗✠⋖←⋅———

EXPOSITIONS

———⋅⋗/⋖⋗⋖———

EXPOSITION FRANÇAISE DE 1849

L'exposition française de 1849, la première à laquelle ait paru la maison Mame, lui a valu la médaille d'or. A cette occasion le chef de la maison a reçu la décoration de la Légion d'honneur.

————————

EXPOSITION UNIVERSELLE DE LONDRES (1851)

A l'exposition universelle de Londres, en 1851, elle a été classée parmi les imprimeries du premier ordre, et la *prize medal* lui a été conférée par le jury international.

————————

EXPOSITION UNIVERSELLE DE PARIS (1855)

M. Alfred MAME a obtenu personnellement la seule *grande médaille d'honneur* qui ait été décernée dans cette industrie à un établissement privé, et onze récompenses ont été accordées à ses collaborateurs, savoir :

1 croix de la Légion d'honneur ;
3 médailles de première classe ;
4 médailles de seconde classe ;
3 mentions honorables.

Le diplôme de la grande médaille d'honneur porte cette mention : « Pour la « supériorité de ses produits typographiques et la très-grande modicité des prix. »

————————

RAPPORTS DU JURY INTERNATIONAL

GRANDES MÉDAILLES D'HONNEUR
ET MÉDAILLES D'HONNEUR

GRANDE MÉDAILLE D'HONNEUR

MAME (A.) ET CIE, a Tours (France)

Ensemble et importance de ses produits. La modicité de leur prix ne nuit pas à la perfection de leur exécution. L'ouvrage sur la Touraine est un chef-d'œuvre.

RAPPORTS DU JURY INTERNATIONAL

XXVIe CLASSE

GRANDES MÉDAILLES D'HONNEUR

MENTION POUR MÉMOIRE

M. Mame (n° 9284), imprimeur-libraire, à Tours (France).

Les ouvrages exposés cette année par M. Mame sont tout à fait hors ligne, et justifient la récompense qui lui a été accordée par la 31e classe.

Plusieurs des formules de l'article 2 du décret lui sont applicables. Ses produits se recommandent par une « perfection hors ligne, due à l'art, au goût, à la science « et au travail. »

Il est arrivé à l'état de « grande exploitation industrielle. »

Et il a rendu, « par la réduction de ses prix, ses produits plus accessibles à « une consommation plus générale. »

Cet établissement est arrivé successivement à la position qu'il occupe par un déploiement continu d'intelligence, de travail et de persévérante émulation.

L'ouvrage *la Touraine* peut être considéré comme un des plus beaux produits de la typographie, et l'exécution matérielle de ce livre suffirait pour recommander M. Mame et lui mériter une haute récompense.

La Touraine est, pour tous les typographes, un ouvrage hors ligne sous tous les rapports.

TROISIÈME PARTIE

TESTIMONIA

Nous avons réuni sous ce titre tous les jugements portés sur la maison Mame par les différents organes de l'opinion publique. Cet ensemble d'appréciations impartiales et éclairées forme la suite naturelle et le complément obligé de la description de l'établissement; après avoir exposé la nature de nos travaux et de nos moyens de production, il est à propos que nous fassions connaître, par des citations textuelles, les sentences émanées de ce tribunal suprême.

Si nous avions voulu remonter pour ces citations au delà de l'exposition universelle de 1855, et si nous n'avions craint de donner à cette notice une trop grande étendue, nous aurions été heureux de transcrire ici : 1° un article spécial consacré à notre maison par *l'Illustration* dans son numéro du 14 juillet 1849; 2° un autre article publié par le même journal, le 16 avril 1853, à l'occasion de l'inauguration de nos ateliers de reliure.

Nous avons placé en tête des divers comptes rendus celui de l'Association des imprimeurs de Paris, et celui de la Chambre qui forme le bureau de cette Association. S'il est vrai qu'on ne puisse être mieux jugé que par ses pairs, s'il est incontestable que la compagnie des imprimeurs de Paris, qui renferme dans son sein d'illustres typographes, soit le plus compétent de tous les jurys, il est convenable de mettre au premier rang de tous les documents ceux qui sont puisés à cette source.

ASSOCIATION DES IMPRIMEURS DE PARIS

EXTRAIT DU COMPTE RENDU DE L'EXPOSITION UNIVERSELLE DE 1855

Nous manquerions à notre mission si nous n'accordions une mention toute spéciale à ce somptueux volume in-folio de *la Touraine*, chef-d'œuvre de typographie et d'ornementation sévères, imprimé et publié par M. Mame. Cet ouvrage, marqué au cachet d'une noble élégance, était certainement le plus remarquable de l'exposition, après le riche et coûteux volume de l'*Imitation de Jésus-Christ*, exposé par

3

l'Imprimerie impériale; et même, à notre avis, pour les amateurs de la pure typographie, *la Touraine* est préférable à l'*Imitation*. Ce volume de notre confrère tourangeau est, en effet, le type de cette bonne et vraie typographie qui tire sa mâle beauté de l'excellente gravure des caractères, d'un interlignage convenable, d'une justification ni trop large ni trop étroite, d'une disposition large des titres et des chapitres, heureuses conditions qui donnent à l'ensemble du livre un air parfait d'aisance et de noblesse. Une telle publication, imprimée avec soin et sur beau papier, n'a pas besoin d'appeler à son secours le brillant des couleurs; il lui suffit de se présenter dans sa noble simplicité, sans fard et sans colifichets étrangers à la typographie. De tels ouvrages nous reportent avec bonheur aux belles éditions des *OEuvres de Racine* et de *la Henriade* de Voltaire publiées dans le format in-folio, au commencement de ce siècle, par la famille Didot, et que le rapport du jury de l'exposition de 1806 proclamait les chefs-d'œuvre de la typographie de tous les pays et de tous les temps. Notre confrère Mame a fait hommage à notre bibliothèque d'un exemplaire magnifiquement relié de son chef-d'œuvre. Chacun de vous pourra l'examiner et s'assurer que nos éloges n'ont rien d'exagéré.

JULES DELALAIN,
Rapporteur.

CHAMBRE DES IMPRIMEURS DE PARIS

COUP D'ŒIL SUR LA TYPOGRAPHIE ET LA LIBRAIRIE
A L'EXPOSITION DE 1855.

M. Mame de Tours. — Après avoir cité les deux imprimeries impériales, parlons de la 3ᵉ grande médaille d'honneur obtenue par la typographie, et donnée à M. Mame, imprimeur à Tours. Cet honneur est la récompense d'une exposition complète, comprenant des ouvrages tels que des petits paroissiens joliment reliés au prix de 35 centimes, l'*Imitation de Jésus-Christ*, dorée sur tranche, reliure gaufrée, à 1 franc 25; des livres d'éducation française se vendant en feuilles à raison de 8 francs la rame, c'est-à-dire très-peu plus que le papier blanc, la modicité des prix n'altérant pas la bonne exécution; puis des volumes dont la valeur augmente graduellement pour arriver à un véritable chef-d'œuvre, à *la Touraine*, magnifique volume, tiré à 1,000 exemplaires, réunissant toutes les beautés typographiques, des gravures sur bois et sur acier, que M. Mame vend 100 francs; prix néanmoins qui ne suffira pas à l'indemniser des frais énormes d'établissement, en supposant qu'il parvienne à vendre toute l'édition.

Pour arriver à de semblables résultats, il a fallu que M. Mame réunît dans sa maison toutes les industries indispensables à l'imprimerie et à la librairie. Son atelier de reliure est le plus vaste, le plus beau et le plus complet de France, et sans doute de l'Europe.

M. Mame est secondé par des typographes et des artistes habiles, qui, en leur qualité de coopérateurs, ont obtenu du jury de nombreuses et brillantes marques de distinction. Nous citerons M. Fournier, ancien imprimeur à Paris, directeur de l'imprimerie de M. Mame, qui a reçu une médaille de 1ʳᵉ classe et la croix de la Légion d'honneur, et MM. Français et Girardet, artistes dessinateurs, qui ont mérité une médaille de 1ʳᵉ classe.

Des trois grandes médailles d'honneur, on voit que la France en a obtenu deux.

GUIRAUDET,
Président de la Chambre des Imprimeurs de Paris.

LE MONITEUR UNIVERSEL

Feuilleton du 24 juillet 1855.

. . . .

La Touraine est le livre de la famille, qui parle pour les enfants et pour les jeunes femmes, aussi bien que pour les curieux et pour les érudits. C'est le livre-album, le livre de luxe, qui reste sur la table du salon et que toute main doit pouvoir ouvrir. Toute main peut l'ouvrir en effet. M. l'abbé Chevalier fait une excellente notice sur la Touraine avant l'apparition de la race d'Adam. M. l'abbé Bourassé reprend l'histoire de la province à l'époque des monuments celtiques; M. L. Boilleau la continue au temps des monuments gallo-romains. M. Meffre décrit la Pile de Cinq-Mars; M. le général de Courtigis, l'amphithéâtre de Tours; M. Champoiseau, l'enceinte gallo-romaine. Puis commence la véritable histoire de Tours, celle de ses évêques : saint Martin, l'apôtre des Gaules; saint Grégoire, le père de l'histoire en France. Que dirai-je, enfin? Parmi tous ces travaux, également remarquables, il en est un qui prime les autres, c'est le chapitre de M. Bourassé sur la sculpture et la peinture de la renaissance, où le judicieux amateur des arts, divisant les œuvres de la renaissance italienne et celles de la renaissance française, se demande si l'école de Fontainebleau n'a pas été au moins inutile dans le développement du génie architectural en France. Le chapitre est supérieur et compense bien des petites lacunes; mais quelles lacunes? et qui les remarquera? Car il faut avoir des colonnes à remplir et je ne sais quelle manie de critiquer, — légitime châtiment de la critique, — pour remarquer autre chose vis-à-vis de ce livre de la Touraine, si ce n'est qu'on a devant soi un admirable volume. M. Mame a voulu faire un chef-d'œuvre : je le répète, il a fait un chef-d'œuvre d'illustration et de typographie. L'émulation est une grande chose. En 1849, Moulins envoyait à l'exposition universelle l'Ancien Bourbonnais et l'Ancienne Auvergne. Cette année, Tours envoie la Touraine, et M. Mame porte de nouveau à la librairie parisienne le défi qui a valu une victoire à M. Desrosiers.

Le livre est splendide, le papier blanc et poli, vélin artificiel, qui a le poids et la souplesse du véritable vélin ; le caractère est net, égal et pur; le volume ouvert donne une fête aux yeux. Maintenant, presque à chaque page, le crayon de Français ou celui de Karl Girardet perce une perspective sur la campagne et sur l'histoire. J'aime mieux celle qui regarde la campagne; l'autre a l'air de regarder la tragédie, mais peu importe. En soixante-quatorze feuilles, car cet in-folio magnifique ploie ses feuilles comme l'in-quarto, vous faites tout le voyage de la Touraine; vous voyez en passant, ou plutôt ce sont eux qui passent, le château de Coulaines, l'aqueduc gallo-romain de Contré, la tour de Charlemagne, celle des Brandons, le prieuré de Saint-Côme, la porte presque byzantine de Tavant, les ruines de Saint-Léonard, le château moderne de Comacre, comparable aux plus renommés, Tours, l'élégant

hôtel de Jehan Xaincoing, la maison de Tristan, Chinon couronné de ses tours comme Cybèle, et toute cette orfèvrerie de pierre qui est l'art délicieux de la renaissance; la façade du château d'Azay-le-Rideau, une merveille; l'hôtel de Beaune-Semblançay, Chenonceaux, le château d'Ussé, trois cents gravures enfin et des têtes de page où le dessin plonge capricieusement au fond du texte, mêlant la réalité à la fantaisie, et des ornements du savoir le plus gracieux et des chromolithographies d'une couleur éclatante.

Quand on a parcouru ce beau livre-album, non-seulement on a vu la Touraine, mais on a suivi sans y penser un cours charmant d'architecture, et l'on devient expert en tous les styles; quand on l'a lu, on se rappelle que la Touraine a toujours été une province de fin et pur langage. Nous sommes dans un temps singulier et plein de je ne sais quel pressentiment d'un temps nouveau. Nous nous agitons entre le passé et l'avenir, détruisant et conservant avec la même ardeur. Quoi que nous fassions, l'avenir nous entraîne, et nous ne conserverons jamais si bien le passé que dans les livres. C'est pour cela que M. Mame a bien fait de dresser ce magnifique inventaire de la vieille Touraine. Quand les monuments de pierre seront tombés, le livre restera. Le livre est un monument, et M. Mame a encore bien fait d'écrire sur la dernière page les noms des écrivains, des peintres, des dessinateurs, des graveurs sur acier, des imprimeurs en taille-douce, des graveurs sur bois, des imprimeurs lithographes, de tous les coopérateurs enfin qui ont élevé avec lui ce noble monument à la mémoire de la patrie provinciale.

ÉDOUARD THIERRY.

Feuilleton du 22 août 1855.

L'IMPRIMERIE ET LA LIBRAIRIE. — LES LIVRES DE LUXE ET LES LIVRES A BON MARCHÉ.

..... Un ouvrage dont l'exécution typographique ne saurait être trop vantée, la Touraine, histoire et monuments, a été également imprimé à la mécanique par M. Mame, de Tours. Ce livre contribuera, on peut l'affirmer, à augmenter encore la gloire de la gravure sur bois. Comme il a été ici même l'objet d'une appréciation spéciale dans des pages de critique littéraire, nous nous bornerons à dire qu'il renferme dans son texte plus de 300 gravures, représentant des scènes historiques, des portraits, des monuments, etc. Un exemplaire a été tiré sur peau de vélin; c'est le premier ouvrage tiré à la mécanique sur cette matière. Le vélin est trop cher pour que cet exemple soit destiné à se propager. Chaque feuille de l'ouvrage coûte presque aussi cher qu'une rame de beau papier ordinaire. Le volume que vous avez sous les yeux a nécessité une dépense de 800 à 900 francs pour le seul achat des peaux de vélin.

Les publications spéciales sur l'histoire des diverses provinces de la France, dont *la Touraine* de M. Mame offre un magnifique exemple, forment un champ qu'on aimerait à voir aborder de plus en plus par nos imprimeries des départements. Il y aurait là un stimulant pour l'art local, et un aliment pour le travail. L'initiative, en ce genre d'opération, avait été hardiment prise par un imprimeur dont le nom a grandi à travers nos expositions successives depuis 1834, M. Desrosiers, de Moulins. Il fallait assurément une résolution forte pour entreprendre d'exécuter en grand, avec ses seules ressources, loin de Paris, dans un de nos siéges préfectoraux les plus modestes, des publications qui ont nécessité jusqu'à 300,000 francs d'avances. M. Desrosiers l'a osé cependant pour ses ouvrages sur *le Bourbonnais*, *l'Auvergne*, etc., qui lui ont valu de hautes distinctions. C'est peut-être à son exemple que nous devons le somptueux volume de M. Mame sur la Touraine.

Le dernier terme du bon marché, en fait de livres de prières comme en fait d'ouvrages destinés à être donnés en prix dans les établissements d'instruction, a été atteint par la maison Mame, à laquelle on doit le grand ouvrage *la Touraine*. Ainsi, cette vaste imprimerie, qui réunit toutes les opérations constituant la fabrication d'un livre, s'est doublement distinguée, et par une publication de grand prix, et par des publications dont le bon marché a quelque chose de fabuleux. Croiriez-vous qu'elle fournit à la librairie des paroissiens, très-proprement reliés, à 35 centimes? elle en vend, il est vrai, 150,000 par an.

La maison Mame a la clientèle des Frères des Écoles chrétiennes, qui ont déjà rendu et qui rendent chaque jour tant de services à l'instruction du peuple. Cette institution, renfermant dans son sein des hommes d'un esprit distingué, prend soin de composer elle-même les livres suivis dans ses écoles. Il y en a qui sont tirés à cent mille exemplaires, l'*Arithmétique* par exemple. La maison Mame imprime 15,000 rames de papier par an pour les Frères des Écoles chrétiennes, et elle les leur expédie en feuilles, qu'ils font eux-mêmes brocher. Les Frères s'appliquent, par tous les moyens possibles, à réaliser la publication à bon marché, afin de pouvoir vendre à bas prix les ouvrages nécessaires à l'éducation des enfants.

M. Mame peut se flatter à bon droit d'avoir fait baisser le prix des livres dans les différentes spécialités qu'il exploite. Les bénéfices ont été ramenés au taux le plus modique; mais ils se multiplient par une circulation sans égale. Tout en vendant ses ouvrages à beaucoup meilleur marché qu'ils n'étaient vendus jadis, M. Mame a considérablement amélioré les conditions de la fabrication. Son exemple a réagi sur les imprimeries de province vouées à des genres analogues. Si à Limoges notamment, où se traitent de grandes affaires en matière de librairie courante; si à Lyon, à Lille, etc., l'impression des livres est aujourd'hui bien plus satisfaisante qu'autrefois, il est juste d'attribuer en grande partie ce résultat à l'influence des perfectionnements réalisés à Tours.

A. AUDIGANNE.

———

N° du 31 décembre 1856.

La Touraine n'est pas un livre, c'est un monument. — Avant la grande ère industrielle où nous vivons, une pareille entreprise n'aurait pu être menée à bonne fin qu'avec l'aide et sous les auspices de l'État. Un éditeur a fait seul un de ces ouvrages qui demandent des frais immenses, des années de préparation, un soin d'artiste dans tous les détails, un choix minutieux des matières, et soutiennent, par leur perfection absolue, la renommée de la typographie française devant la critique la plus méticuleuse. Le public, ne voyant que le résultat, c'est-à-dire un merveilleux volume, ne s'imagine pas les sacrifices faits pour atteindre à cette beauté : en effet, ce papier si blanc, si ferme, si soyeux, si glacé, si satiné, qui prend avec tant de fidélité l'empreinte qu'on lui confie, est le suprême effort des plus célèbres papeteries; ces caractères d'un œil si net, d'un dessin si pur, d'une forme si gracieuse, ont été gravés et fondus exprès; cette encre d'un noir gras et velouté, riche dans les pleins, ductile dans les déliés, qui n'alourdit et n'empâte aucun détail, quelque délicat qu'il soit, et rend aussi bien les hachures en relief de la gravure sur bois que le relief des lettres, a exigé bien des combinaisons chimiques; cette justification d'une régularité parfaite, que ne dérange jamais un caractère hors de sa place, cette distribution heureuse de l'illustration et du texte, l'ingéniosité pittoresque des têtes de chapitre, ce tirage si égal, ont exigé le concours des ouvriers les plus habiles et des machines les plus avancées — nous ne parlons encore ici que de l'exécution matérielle, — si un travail d'une telle intelligence peut être appelé ainsi; car partout y brillent la science, la réflexion, le goût, tout ce qui met en jeu les hautes facultés de l'homme. Quant à nous, nous ne sommes jamais entré dans une belle imprimerie que respectueusement et comme dans un temple de la pensée. Ne sont-ils pas les frères du poëte, ces ouvriers qui tout le jour soulèvent des idées lettre à lettre, et donnent des ailes aux mots pour se répandre par tout l'univers, justifiant ainsi l'épithète qu'Homère donne aux paroles?

Deux peintres charmants dont le nom et le talent sont aussi connus qu'aimés, MM. Français et Karl Girardet, ont consacré deux saisons — les années 1853 et 1854 — à parcourir, accompagnés d'un habile photographe, la Touraine, ce jardin de la France, cette province verte comme le Nord, dorée comme le Midi, si riche en végétation et en monuments, si heureusement modelée par les mains de la nature, et où l'on rencontre à chaque pas des horizons « faits à souhait pour le plaisir des yeux », comme disait Fénelon avec sa belle langue harmonieuse. Dans leurs pérégrinations, les deux artistes n'ont rien négligé. M. Mame leur avait donné le même programme que les chanoines de Séville à l'architecte de leur cathédrale : « Élevez-nous un édifice si splendide, si luxueux, si impossible, qu'il nous fasse juger fous par la postérité. » Aussi ne se sont-ils pas gênés, et ont-ils pris la Touraine avant les hommes. On ne saurait être plus complet. Une tête de page de Français nous montre, à la place où sera Tours plus tard, les fougères arborescentes, les roseaux géants, les palmiers, les cycas et les conifères, produits d'une climature tropicale bien refroidie depuis, et, parmi ces vigoureuses frondaisons de la jeune planète, les énormes chélidoniens, les éléphants de race antédiluvienne, les ichthyosaures, les mosasaures, les ptérodactyles dérangeant les grandes herbes, pétrissant les vases molles, élevant leurs longs cols au-dessus des eaux, cygnes difformes d'une création monstrueuse, en fouettant de leurs membranes onglées l'air chargé d'acide carbonique.

Quand on part de si loin, la route est longue, surtout quand on s'arrête à chaque pas, comme MM. Karl Girardet et Français ont eu le bon esprit de le faire. Mais le volume a 606 pages in-folio, et le texte complaisant s'écarte à chaque instant pour faire place à un menhir celtique, à une ruine romaine, mur réticulaire ou arche d'aqueduc; à un portail roman, à une chapelle ou à un beffroi gothiques, à une façade de la renaissance, à quelque détail caractéristique ou curieux. Quatorze belles estampes, gravées sur acier, d'après MM. Karl Girardet et Français, représentent les sites les plus célèbres, les grandes perspectives et, pour ainsi dire, les vues panoramiques de la Touraine. Une infinité de dessins gravés sur bois, et répandus par tout l'ouvrage, donnent les vues de détail, les fragments curieux, les types d'architecture, portes, tourelles, escaliers, galeries, façades découpées à jour ou brodées d'arabesques, porches d'églises, roses de vitraux, blasons, statues, lames funéraires, vieilles maisons en colombage, aux pignons pointus, aux étages surplombant, aux poutres sculptées, aux fenêtres maillées de plomb, chapiteaux byzantins ou romans d'un caprice barbare, moulins babillant sur la rivière, têtes de pont à mâchicoulis et à barbacanes, fontaines surmontées de statuettes, barques flânant sur la Loire une aile au vent, comme des oiseaux qui se reposent; ponts à demi écroulés, puits festonnés de lierre, hôtels de ville tout historiés d'ornements, anciens cloîtres en ruines, vieux couvents abandonnés ou transformés, chapelles enfouies dans la verdure, croix festonnées des carrefours; tous les monuments, à partir de la pierre celtique, arrosée jadis de sang humain, jusqu'à la pagode de Chanteloup, aux sept étages, élevée avec les débris du château de la Bourdaisière par la vengeance de Choiseul, rien n'est oublié, pas même l'arbre remarquable à cause de son âge ou de la curieuse difformité de son tronc.

Nous parlons de tout cela un peu au hasard, et comme les images nous viennent en feuilletant le livre du doigt; si l'on voulait tout dire, on n'aurait jamais fini; pourtant voici, sur une page digne du plus bel armorial du moyen âge, avec leurs émaux et leurs couleurs, les écussons de la noblesse de Touraine. La lithochromie a fait, en appliquant ses ressources merveilleuses à l'art héraldique, ce qu'en n'aurait pas mieux exécuté de son pinceau trempé dans l'or, l'argent, l'azur, le gueules et le sinople, un savant et patient héraut d'armes du XVe siècle. La palette magique du peintre verrier n'a-t-elle pas teint de ses couleurs ce vitrail que le soleil semble traverser, et qui flamboie au milieu du livre comme s'il était encadré au fond d'une cathédrale par les meneaux de pierre d'une ogive trilobée? Ces illustrations si nombreuses, qui alternent avec des scènes historiques bien composées, ne sont pas faites d'après de rapides croquis qu'achève le plus souvent l'imagination de l'artiste ou le caprice du graveur; elles attestent un soin patient, une fidélité rigoureuse, une longue familiarité des choses et des lieux. — On sent d'ailleurs, à l'exactitude des détails, que l'infaillible photographie prenait ses notes tandis que courait le crayon de l'artiste.

Tours, Amboise, Chinon, Loches, Plessis-lez-Tours, Candé, Chenonceaux, Ussé, Azay-le-Rideau, Cravant, Montbazon, Langeais. Saint-Julien, Marmoutier, Sepmes, chaque lieu célèbre a été l'objet d'un ou de plusieurs dessins : ce que le texte dit, le bois vous le montre, et à travers tout cela M. Catenacci jette les mille fantaisies gracieuses de son crayon d'ornemaniste : cartouches, encadrements, lettres ornées, filets, blasons, frontispices, culs-de-lampe, la gloire et l'honneur d'un livre bien fait.

Ce beau volume sans rival, qui se préparait pour la grande exposition de l'industrie, a eu le bonheur d'y arriver à temps et d'y constater la supériorité de la typographie française. Toutes les nations l'ont admiré et jalousé derrière la vitrine de M. Mame, où brillait l'exemplaire unique, imprimé sur peau de vélin, que l'éditeur a voulu garder, malgré les offres importantes qu'on lui a faites, comme le plus beau fleuron de sa couronne typographique, comme ses lettres de noblesse dans le grand art des Elzévir, des Alde Manuce, des Henri et Robert Estienne, des Didot, des Crapelet, des Baskerville et des Bodoni.

La grande médaille d'honneur, décernée à M. Mame, a récompensé tant d'efforts. Deux médailles de première classe ont été aussi accordées à MM. Français et Karl Girardet pour leur coopération à *la Touraine*. Ainsi la typographie tourangelle n'a rien à envier à la typographie parisienne.

L'appréciation du texte revient à notre collaborateur Édouard Thierry. Nous nous bornerons à dire que presque toute la Société archéologique de la Touraine y a contribué, sous la direction de l'abbé J.-J. Bourassé.

Terminons en louant M. Mame de la bonne et généreuse idée qu'il a eue de clore son magnifique volume par une liste des noms de tous ceux qui y ont travaillé : auteurs, peintres, ornemanistes, graveurs sur acier ou sur bois, imprimeurs en taille-douce, typographes, faisant ainsi à chacun sa juste part de gloire.

Théophile GAUTIER.

Feuilleton du 1er décembre 1857.

. . . .

Aujourd'hui l'abbé Bourassé fait un livre qui est intitulé *Les plus belles Églises du monde,* et l'abbé Bourassé, dans son introduction, ne réclame plus en faveur des églises gothiques. A quoi bon? La cause de notre vieil art chrétien a été gagnée, et, excepté celle de toute mauvaise imitation, aucune autre cause n'a été perdue. Le temps où nous sommes sait tout comprendre. Il a reçu l'intelligence en un degré où elle touche au don de création. Il a restauré la Sainte-Chapelle comme Hacquin a rentoilé la Madone de Foligno, et avec une aussi merveilleuse patience. Il restaure Notre-Dame et la renouvelle, pierre et pensée. D'un côté de la Seine il construit Sainte-Clotilde, et de l'autre le Louvre. Il fait de Paris une Babel charmante où toutes les architectures parlent sans confusion dans toutes leurs langues; et voilà pourquoi le livre de M. l'abbé Bourassé, livre d'à-propos en 1857 comme celui de l'abbé Pascal après 1830, commence par l'église du Saint-Sépulcre, et finit par les trois filles jumelles de Saint-Pierre de Rome : Sainte-Geneviève de Paris, Saint-Isaac de Saint-Pétersbourg et Saint-Paul de Londres.

Il y a des livres qui ne s'analysent pas; ce sont les bons livres courts et composés de petites monographies. Le dessein général n'existe pas, ou du moins la table des matières suffit à l'indiquer. Dans *Les plus belles Églises du monde,* voici l'ordre et le choix des édifices : église du Saint-Sépulcre à Jérusalem, Saint-Jean-de-Latran à Rome, basilique de Sainte-Marie-Majeure à Rome, Sainte-Sophie à Constantinople, Saint-Marc à Venise, cathédrale de Florence, Pise (cathédrale, campanile, baptistère, Campo-Santo), cathédrale de Milan, cathédrale d'Amiens, Notre-Dame de Chartres, cathédrale de Reims, Saint-Étienne de Bourges, Notre-Dame de Paris, la Sainte-Chapelle du Palais, Saint-Denis, Saint-Ouen à Rouen, cathédrales de Cantorbéry, d'York, de Salisbury et de Lincoln, abbaye de Westminster, cathédrales de Cologne, de Mayence et de Spire, de Fribourg en

Brisgau et de Strasbourg, Saint-Étienne de Vienne en Autriche, Notre-Dame d'Anvers, Sainte-Gudule à Bruxelles, cathédrales de Séville et de Tolède, de Burgos et de Cordoue, Sainte-Geneviève de Paris, Saint-Paul de Londres, Saint-Isaac de Saint-Pétersbourg.

Comme on le voit, M. l'abbé Bourassé ne s'occupe pas seulement des églises catholiques, mais des églises que la foi catholique s'était construites, et qu'elle a perdues, de la mosquée de Cordoue, où elle s'est établie, et des temples que le christianisme dissident s'est élevés lui-même.

Quant aux détails, il n'y aurait qu'à prendre et à citer. Je cite ce passage de l'introduction où l'auteur s'excuse de n'avoir pu faire un livre assez complet, parce qu'il eût été obligé de faire plus d'un livre. « Et combien de monuments, s'écrie-t-il, sommes-nous obligé de passer sous silence! Pour avoir une juste idée du mouvement et du progrès imprimés par la religion à l'art de bâtir, qu'on se rappelle qu'en France, avant la révolution de 1793, il y avait 30,000 églises, 1,500 abbayes, 8,500 chapelles, 2,800 prieurés, 1,700,000 clochers, sans compter les monastères, les palais épiscopaux et les hôtels-Dieu. En Espagne il y a plus de 70,000 grandes églises : il n'y en eut pas moins de 40,000 élevées sous le règne de Don Jaime Ier, roi d'Aragon. »

Ailleurs, et à propos de Notre-Dame de Paris, M. l'abbé Bourassé donne de curieux renseignements sur les tentures qui tapissaient l'église durant les grandes fêtes et sur la paille qu'on y semait, ainsi que dans les maisons royales : « Le pavé de l'église, dit le savant écrivain, était jonché de fleurs et d'herbes odoriférantes, usage qui s'est conservé jusqu'à nos jours dans la capitale du monde chrétien. Au XIIIe siècle, les prieurs de l'archidiaconé de Josas étaient obligés de fournir ces herbes aromatiques; deux siècles plus tard, on se contentait de répandre sur le sol de l'herbe tirée des prés de Gentilly. Les dimanches ordinaires, de la paille remplaçait les fleurs et les plantes choisies. Personne alors n'avait de sièges dans l'église : les infirmes seuls avaient le droit d'en apporter. Plus d'un lecteur sera tenté de sourire en pensant à la simplicité de nos aïeux, qui se contentaient d'étendre de la paille jusque dans les édifices les plus somptueux et les sanctuaires les

plus fréquentés; qu'il n'oublie pas que c'était un luxe qui se voyait alors dans le palais des rois. Ce genre de tapis agrestes fut en usage jusqu'au XVIe siècle. La paille du palais royal, chaque fois qu'elle était renouvelée, était donnée aux hôpitaux et aux écoles. « Pour le salut de notre âme et de l'âme de nos ancêtres, dit le roi Philippe-Auguste, et dans des vues de pitié, nous accordons, pour l'usage des pauvres demeurant à l'Hôtel-Dieu de Paris, situé devant l'église Notre-Dame, toute la paille de notre chambre et de notre maison de Paris, toutes les fois que nous quitterons cette ville pour aller coucher ailleurs. »

A chaque église, M. l'abbé Bourassé prend occasion de raconter des coutumes intéressantes. Ces vieilles cathédrales sont les témoins perpétuels de l'histoire et de la vie des peuples. Les générations passent, la maison de prière les bénit à leur premier vagissement, et les bénit une dernière fois pour la tombe. La chronique des églises est la chronique même des souverains, celle des nations. M. l'abbé Bourassé ébauche ces annales communes de la cathédrale et de la cité; mais il s'arrête au point qu'il se fixe lui-même. Il ne peut pas tout dire, et ne veut pas trop dire; il sait satisfaire la curiosité qu'il éveille, et éveiller la curiosité qu'il satisfait. On quitte son ouvrage avec le plaisir d'avoir beaucoup appris et le désir d'apprendre plus encore. On s'étonne de l'avoir lu comme un livre d'agrément, et l'on se dit à la réflexion qu'il en devait être ainsi, puisque l'auteur l'a écrit sans fatigue. Pour un archéologue aussi éminent que M. l'abbé Bourassé, *Les plus belles Églises du monde* n'ont été qu'un amusement. On le sent bien, et cela donne à son travail un air de naturel qui n'en est pas le moindre charme. Le dirai-je? tout le volume a ce même air. Le papier est de choix, lustré à l'œil et sonore au toucher, le caractère élégant et d'une heureuse proportion, les gravures sur bois d'une exécution gracieuse et hardie; on les dirait détachées du magnifique in-folio de la *Touraine*. C'est justement cela. On sent encore que pour les éditeurs de *la Touraine* la publication des *plus belles Églises du monde* n'est aussi qu'un jeu. La célèbre librairie de Tours produit sans effort les livres de luxe, comme elle produit ses milliers de bons petits livres.

ÉDOUARD THIERRY.

JOURNAL DES DÉBATS

N° du 2 septembre 1855.

Le triomphe de l'industrie, c'est de pouvoir produire à la fois l'infiniment grand et l'infiniment petit, de répondre à la fois au superflu et au nécessaire, aux jouissances du petit nombre et aux besoins du grand nombre. Une chose curieuse, et qui a dû être souvent remarquée, c'est que la France, patrie de la démocratie et de l'égalité, produit surtout les articles de luxe, dont l'aristocratie peut seule se permettre l'accès, et que la patrie de l'aristocratie, l'Angleterre, a la spécialité de produire pour la consommation du peuple et des masses. Ainsi, tandis que la Grande-Bretagne inonde l'univers de calicot, de coutellerie et de faïence, la France règne sans contestation dans le domaine des industries où l'art surpasse la matière; il n'y a que chez elle que l'on trouve Sèvres et les Gobelins. Mais la perfection, ce serait, comme nous le disions, de réunir au même degré l'art et l'industrie, de produire pour quelques-uns et pour tout le monde, et d'être à la fois capable de ces deux choses qui s'excluent presque invinciblement, le beau et l'utile. Dans une branche spéciale, celle de la librairie, cette place est remplie par la maison Mame, de Tours; et, pour mieux exprimer notre pensée, il nous suffit de dire que cette maison, qui a en magasin deux millions de volumes et en imprime quinze mille par jour, est celle qui a exposé au Palais de l'industrie le magnifique volume de *la Touraine*, véritable monument élevé à la gloire de la typographie française.

Comme la richesse même de l'exécution matérielle du livre pourrait avoir le danger d'en écraser la rédaction, nous rendrons tout de suite justice au grand mérite littéraire de *la Touraine*. Le texte est l'œuvre collective de la Société archéologique de la province, une des plus savantes et des plus laborieuses qui se soient donné pour tâche l'histoire et la conservation des monuments de la France, et qui, sous la direction de son président, M. l'abbé Bourassé, a consacré tous ses soins à cette publication nationale.

Comme livre illustré, c'est le plus parfait que l'industrie privée ait jamais produit. Deux peintres justement renommés, MM. Karl Girardet et Français, y ont consacré le travail assidu de plusieurs années. Ces deux artistes ont passé trois étés en Touraine, et ont fait sur nature tous les dessins, qui sont d'une exactitude scrupuleuse. Aidés de la photographie, ils ont pu rendre avec une entière fidélité, et sans négliger aucun détail, les monuments de toutes les époques qu'ils avaient à reporter sur bois, et qui se rencontrent presque à chaque page du volume. Ces nombreuses reproductions joignent ainsi au charme et au prestige de l'art la précision du procédé mécanique. Il n'y a pas de province de France qui pût fournir autant de richesses à la reproduction et à l'illustration; nulle n'est plus féconde en riants paysages ou en châteaux pittoresques, nulle n'est plus abondante en souvenirs historiques. Le Tasse appelait la Touraine :

La terra molle, e lieta, e dilettosa.

On y voit le géranium, le laurier, le myrte, le grenadier et beaucoup d'autres plantes délicates se maintenir en pleine vigueur dans les jardins pendant les mois les plus rigoureux de l'année. Quant aux monuments, quant aux innombrables châteaux qui de tout temps ont orné les coteaux de la Loire, du Cher, de la Vienne et de l'Indre, ils sont universellement populaires; Amboise, Chenonceaux, Chambord et cent autres sont dans tous les souvenirs et dans toutes les imaginations, et l'on peut se figurer quels sujets inépuisables et variés ils ont offerts au talent si brillant et si gracieux de MM. Français et Girardet. Il nous suffira de dire qu'il y a dans ce magnifique volume quatorze grandes planches gravées sur acier, et plus de trois cents gravures sur bois, la plupart de grande dimension, représentant des scènes historiques, des portraits, des paysages et des monuments de tout genre. Il faut y joindre quatre planches d'armoiries et de vitraux imprimées en couleur, une carte coloriée de la Touraine, et ne pas oublier les ornements, dans lesquels un artiste ayant une connaissance profonde de la renaissance, M. Catenacci, a déployé beaucoup d'imagination.

Cet admirable in-folio a plus de six cents pages, d'un papier qui est le produit d'un concours et d'un appel fait par M. Mame aux premières papeteries de France. De pareils résultats n'avaient pas encore été atteints pour la pureté, la fermeté et l'éclat de la pâte. Des caractères ont été spécialement gravés et fondus pour l'impression des différents textes, et ont été choisis avec un goût pur, élégant et sévère.

Le tirage du texte et des gravures sur bois fait l'admiration des connaisseurs; il montre le degré de perfection auquel peut parvenir la presse mécanique. Celle qui a servi au tirage de *la Touraine* a été construite par M. Dutartre, et figure à l'exposition.

Tels sont les éléments à l'aide desquels M. Mame a produit ce chef-d'œuvre de la typographie française, un volume digne de figurer en première ligne dans les plus belles bibliothèques du monde. C'est une œuvre éminemment nationale, essentiellement française, parce que l'industrie y atteint la hauteur et le désintéressement de l'art, parce qu'elle ne peut point rapporter ce qu'elle a coûté. *La Touraine* a été tirée à 1,000 exemplaires, et le volume est dans le commerce pour 100 francs; mais M. Mame a mis dans la production de ce chef-d'œuvre plus de 150,000 francs; c'est donc toujours un sacrifice d'au moins 50,000 francs qu'il aura fait pour maintenir la grande et juste réputation de sa maison.

Avec le volume livré au commerce, M. Mame a exposé un exemplaire unique de *la Touraine*. C'est un exemplaire sur peau de vélin, tiré, comme toute l'édition, à la presse mécanique. C'est pour la première fois que ce procédé est appliqué au vélin; l'épreuve a magnifiquement réussi; les gravures et le texte sont d'une pureté merveilleuse, et l'encre a conservé un éclat et un brillant très-remarquables. Cet exemplaire, que l'on peut voir dans la vitrine, est véritablement unique, et à ce titre il ne peut avoir de prix assignable. C'est, dans son genre, comme *le Régent* parmi les pierres précieuses. Nous savons que M. Mame refuse tous les prix qui lui en ont été offerts, et qu'il le conserve justement comme ses parchemins.

A côté de ces livres, qui sont comme des diamants de la couronne, M. Mame en a exposé qui sont comme de la petite monnaie; à côté du Sèvres et des Gobelins de la librairie, il en montre aussi le Manchester. Nous venons de voir un volume de plusieurs milliers de francs, en voici un de sept sous : un petit paroissien in-32 de 320 pages, orné d'une gravure et relié en basane. Par cet exemple, on peut juger du reste. Ce qui fait de la grande usine de Tours un établissement unique en Europe, c'est son caractère encyclopédique. M. Mame a réuni dans sa maison les industries, ordinairement séparées, de l'imprimerie, de la librairie et de la reliure, et toutes les fonctions accessoires du dessinateur, du graveur, de l'imprimeur en taille-douce. Dans cet immense laboratoire, le livre, entrant à l'état de matière première, passe par toutes les transformations, et arrive directement entre les mains de l'acheteur sous toutes les formes de confection, les plus riches comme les plus simples.

Le fonds de la librairie Mame se divise en trois branches principales : les livres d'éducation ; les livres de liturgie, d'offices et de piété; et les livres d'enseignement primaire. Les galeries de livres reliés et cartonnés contiennent plus de 2 millions de volumes, sans parler de vastes réserves en feuilles; l'imprimerie est pourvue de vingt presses mécaniques, machines à glacer et à couper le papier, toutes mues par la vapeur, et la production de cet atelier est de 45,000 volumes par jour. Les ateliers de reliure occupent un immense bâtiment, construit spécialement pour cette fabrication, comme l'a été aussi un atelier d'imprimerie en taille-douce qui occupe vingt presses. Cet établissement, qui n'a point d'égal en Europe, occupe plus de 1,200 ouvriers et ouvrières, sans parler des autres industries dont il appelle la coopération, telles que les papeteries, les fonderies de caractères, les fabriques d'encre et de carton, les peausseries, etc.

La maison Mame s'est présentée deux fois dans les concours; en 1849, elle a obtenu la médaille d'or; en 1851, à Londres, elle a reçu la *prize medal*. Elle avait dignement mérité ces suffrages; elle en a mérité de plus grands encore en réunissant, comme nous le disions, les deux conditions du beau et de l'utile, et en sachant multiplier à l'infini la quantité des produits sans en abaisser la qualité.

JOHN LEMOINNE.

———

N°s des 2 et 3 novembre 1855.

Après l'article que nous avons déjà consacré à l'imprimerie de M. Mame dans ce journal, je devrais peut-être m'abstenir de toute appréciation des nombreux volumes qui nous sont arrivés de Tours pour le disputer de haute lutte avec les volumes parisiens. Cependant je ne puis renoncer ni à exprimer mon propre sentiment, ni surtout à rendre, dans la personne de M. Mame, un hommage bien mérité aux libraires de province, qui ne se laissent point décourager par une centralisation chaque jour plus envahissante.

M. Mame a créé, en vue de l'exposition, un splendide volume, *la Touraine*, chef-d'œuvre de typographie et d'ornementation sévère. *La Touraine* est un grand livre, un beau livre, accessible cependant à tous les amateurs par son prix modéré.

Sans doute la publication de ce volume constitue un droit incontestable et incontesté à une récompense exceptionnelle, mais ce n'est point sur ce livre que s'est fondée une réputation que déjà depuis longtemps Paris envie à la province; cette réputation tient à des mérites plus universellement appréciés, à des mérites qu'on peut constater chaque jour, attendu qu'ils se révèlent dans tout l'ensemble de vastes opérations commerciales. Depuis plus de dix ans M. Mame apporte tous ses soins à perfectionner l'impression des livres usuels, surtout des livres liturgiques, des paroissiens en particulier, des ouvrages d'éducation,

et de ceux qui sont destinés aux bibliothèques communales et paroissiales. Ces perfectionnements ont eu pour résultats naturels et nécessaires d'étendre les relations de M. Mame, d'augmenter le chiffre de ses produits, et par conséquent d'en abaisser le prix de revient; de telle sorte qu'il a à peu près complétement résolu l'un des plus difficiles problèmes de l'industrie : *faire bien et à bon marché;* de telle sorte aussi que *la Touraine* est en réalité la conséquence d'un système qui, en faisant affluer des capitaux énormes entre les mains de M. Mame, lui permet d'améliorer sans cesse la fabrication.

CH. DAREMBERG.

LE CONSTITUTIONNEL

Feuilleton du 27 septembre 1855.

L'établissement de M. Mame occupe une place à part dans l'industrie européenne. Il suffirait à la gloire de notre imprimerie provinciale. Mais ce n'est pas seulement une imprimerie ou une librairie; c'est, comme on l'a dit avec raison, une vaste usine où se fabrique le livre : le manuscrit entre par une porte, et par l'autre sort le volume, mis en page, imprimé, assemblé, broché, relié; attendant l'acheteur, ou plutôt allant le trouver chez lui. Douze cents travailleurs sont répartis dans les quatre sections de l'imprimerie, de la gravure, de la reliure et de la librairie. Chaque jour quinze mille volumes sortent des ateliers; deux millions de volumes dans les magasins sont toujours prêts à partir pour les quatre coins du monde. On n'a pas d'exemple d'une fabrication plus grandiose.

La production de M. Mame se divise en deux branches : le *luxe* et le *bon marché.* J'ai envie de commencer par le bon marché. C'est en ce sens qu'il faut résoudre aujourd'hui toutes les questions économiques. L'échelle des prix, chez M. Mame, varie depuis *un sou jusqu'à cent francs* le volume. Les livres à un sou appartiennent à la *Bibliothèque de l'Enfance chrétienne;* ce sont de jolis opuscules de 36 pages, ornés d'une gravure et d'une couverture imprimée en couleur; pour 70 centimes on a un in-12 de 300 pages; il est orné d'une gravure, broché, avec une couverture imprimée. Pour 95 centimes on a le cartonnage doré, et pour 1 franc 20 centimes, une reliure anglaise en basane gaufrée à froid, avec tranche marbrée. Que voulez-vous de plus?

La librairie de luxe ne comprend guère que les livres religieux. M. Mame, grâce à l'étendue de ses débouchés et à la spécialité des travaux dont chaque division est répartie entre des ouvriers qui font une chose excellemment, parce qu'ils la font toujours, est parvenu à populariser le luxe. C'est ainsi qu'il peut livrer les Paroissiens Romains, très-complets, imprimés sur papier jésus superfin glacé, illustrés de quatre gravures sur acier, avec un riche encadrement en couleur se reproduisant sur chaque page, doré sur tranche, avec une belle reliure en chagrin, pour moins de 5 francs.

M. Mame a édité un livre spécial pour l'exposition; il a eu le bon goût de se souvenir de sa ville et de sa province. Son livre chef-d'œuvre s'intitule : *la Touraine.* Je ne crois pas que la typographie française, livrée aux seules ressources de l'industrie privée, ait jamais pu faire mieux. Tous les éléments qui entrent dans la composition du livre ont été spécialement créés pour lui. On a fabriqué le papier et fondu les caractères. Tout est marqué au cachet d'une sévère élégance. MM. Français et Karl Girardet, deux artistes habiles, que nous retrouvons à l'exposition des beaux-arts, ont consacré près de deux années à l'illustration du livre. Cette illustration formerait à elle seule un magnifique album; elle comprend quatorze estampes gravées sur acier, quatre planches d'armoiries et de vitraux, imprimées en couleur, une carte coloriée, et plus de trois cents gravures sur bois, représentant des scènes historiques, des portraits, des paysages. On ne s'imagine pas ce que la plupart de ces illustrations ont dû coûter de soins et de premiers essais : d'abord l'artiste peint son tableau à l'huile ; il trouve et combine tous ses effets ; puis il reporte son tableau sur bois pour la gravure ; et enfin, par la comparaison avec l'épreuve photographique tirée exprès, il corrige les erreurs de détails. On peut ainsi concilier la spontanéité, le charme vivant des conceptions artistiques avec les exigences rigoureuses de la science archéologique. Nous louerons beaucoup dans cette publication, parce qu'il y a, en effet, beaucoup à louer. M. Mame, qui dispose de capitaux considérables, n'a rien négligé pour faire une œuvre durable : son œuvre durera. Le volume compte 606 pages in-folio. Son papier a été l'objet d'un concours entre les divers fournisseurs de la maison Mame ; l'usine de Sainte-Marie, à qui l'entreprise est échue, a fourni une feuille solide et brillante tout à la fois, d'une pâte qui réunit le double mérite de la pureté et de la fermeté ; des caractères ont été spécialement gravés et fondus pour l'impression des différents textes. Un goût sévère a présidé à la création du type, et l'exécution a reçu les soins les plus minutieux. *La Touraine* a été tirée à la *presse mécanique*. La presse mécanique fait vite et à bon marché. Elle ne fait pas toujours bien. Souvent elle échoue avec les livres illustrés qui contiennent des gravures dans leur texte. Le tirage de *la Touraine* est cependant un des plus parfaits que nous connaissions : il est d'une netteté irréprochable et d'une égalité parfaite. M. Dutartre, habile ingénieur, a construit une presse mécanique spéciale pour le tirage de ce beau livre ; cette machine, qui a un nouveau système de rouleaux, est maintenant exposée dans l'Annexe. M. Adolphe Duval, qui conduit la presse de M. Dutartre, semble donner son intelligence à la matière, varier l'effort et nuancer l'effet, avec le fer rigide comme avec la volonté et le bras souple d'un homme. M. Mame a réuni dans le même volume les gravures sur bois et les gravures sur acier, variant ainsi le procédé selon la nature des sujets. Les délicats pourront blâmer ce mélange, et trouver que le voisinage donne quelque dureté au contraste entre les résultats de manières si différentes. Nous croyons, nous, que, dans ce volume vraiment typique, l'éditeur a eu raison de nous donner la mesure de ce qu'il pouvait faire ; il ne nous déplaît pas, après avoir admiré la douceur et la grâce de l'acier, la finesse exquise et pénétrante de ses demi-teintes, de retrouver quelques pages plus loin l'énergie vigoureuse de la gravure sur bois. M. Henri Chaussemiche a montré une grande sûreté de main dans la mise en pages

toujours difficile d'un livre qui marie l'image et la lettre, le texte et l'illustration.

Louis ÉNAULT.

———

Nº du 22 décembre 1856.

Il est un pays, heureux entre tous, dont le nom, doux comme une musique, coule des lèvres harmonieusement, en rappelant à l'esprit l'idée et l'image d'une belle province, d'un climat égal, d'un sol privilégié, où les plaines fertiles se mêlent aux riches coteaux, succédant aux fraîches vallées.

O terra molle, e lieta, e dilettosa!

s'écrie le Tasse en parlant d'elle ; « jardin de la France et plaisir des rois ! » dit à son tour l'historien Belleforest. Délicieux jardin, en effet, où les plus rudes hivers respectent la tige délicate du géranium, du laurier, du myrte et du grenadier ; où, sur la pente des coteaux exposés au midi, de charmantes habitations, d'élégantes villas, des maisons somptueuses, des jardins suspendus, des terrasses étagées par la nature, des vignobles, de beaux arbres, des grottes ouvertes au soleil, semblent attirer à soi une population qui n'aura plus qu'à s'abandonner mollement au nonchalant bonheur de vivre.

Ai-je besoin maintenant de nommer la Touraine ; et chacun avant moi ne l'a-t-il pas nommée déjà ?

La Touraine fut habitée de bonne heure, et son histoire commence avec l'histoire même de notre pays. Attirés par la réputation de son terroir fécond, de son ciel serein, de sa tiède température, de ses productions variées, tous les conquérants en ont envié la possession. Les peuples du Nord, qui toujours rêvent des climats plus doux, n'ont jamais cessé d'accourir vers elle, tantôt avec du fer, et tantôt avec de l'or... Quel repos plus aimable que dans ces belles vallées de la Loire, du Cher, de la Vienne et de l'Indre ! Aussi nos rois vinrent-ils souvent y fixer leurs demeures ; les seigneurs et les princes y bâtirent leurs manoirs opulents et ces châteaux aux sveltes tourelles, aux balcons sculptés et aux ciselures fines. Quand la féodalité désarmée ne pensa plus à se défendre et ne songea qu'à être heureuse, quand sa main échangea le gantelet d'acier contre le gant de velours, c'est la Touraine qu'elle choisit entre toutes nos provinces, comme le centre de sa vie élégante, comme la patrie privilégiée de ses loisirs dorés.

M. l'abbé Bourassé, dont les livres à la fois savants et faciles ont initié notre génération aux études archéologiques, M. l'abbé Bourassé a voulu élever un monument à cette belle province qui est sa patrie, et, assisté d'une élite de collaborateurs spéciaux chacun en son sujet, il a composé sa *Touraine*. En esquisser les paysages pittoresques, en reproduire par le dessin les principaux monuments, raconter les événements les plus célèbres de son histoire, rappeler les grands hommes qu'elle a vus naître, grouper autour de ses beautés naturelles les plus belles productions des arts; en un mot, immortaliser les mille souvenirs, agréables ou terribles, tristes ou glorieux, qui peuplent ses villes, animent ses campagnes, et rajeunissent ses ruines : tel était le but du livre de *la Touraine*.

Les auteurs ont marché vers ce but sans faiblir, et je crois pouvoir affirmer qu'ils l'ont atteint.

On n'analyse point en quelques lignes un in-folio de six cents pages; il me suffira d'en faire connaître la disposition générale et le plan d'ensemble.

Le livre s'ouvre par une introduction historique de M. l'abbé Bourassé, qui nous amène, par une série de faits grandioses et une suite de dates éclatantes, de la conquête de César, commencement de toute histoire authentique, jusqu'à cette fusion administrative de la France provinciale en départements, qui vit s'anéantir et disparaître l'individualité des races diverses dont se fait la France moderne.

Un autre chapitre nous arrête par son titre piquant : *la Touraine avant les hommes;* ce n'est rien moins que le tableau des révolutions géologiques qui, par de longs dépôts et d'épaisses couches de terrain, solides ou sablonneux, élevèrent la Touraine du fond des abîmes, où depuis des siècles elle dormait, pour faire succéder au chaos de la première Genèse de fertiles vallées, de riantes collines et des coteaux boisés. La zone torride qui devança les douceurs de ce ciel tempéré, qui ne se compare plus qu'au ciel de Nice; les oursins, les bélemnites, les sauriens et les marsupiaux se traînèrent dans la fange, là où plus tard devaient marcher sur des fleurs ces illustres amies des rois, reines par l'amour et la beauté, grâces de la cour et sourire de la France, Agnès Sorel, Gabrielle d'Estrées, les belle Gabrielle, et, plus grande qu'elles, parce qu'à la grandeur de l'amour elle joignit celle du repentir, Mlle de la Vallière.

Après une rapide excursion dans les bassins de quatre ou cinq rivières, le long des coteaux qui les bordent, par des routes qui suivent leurs ondulations, et où mille accidents de terrain étonnent et charment le regard, nous entrons dans la partie vraiment savante du livre, je veux dire la monographie des principales villes de la Touraine : de Tours, de Chinon, de Loches et d'Amboise, qui sont des chapitres détachés, mais complets, de l'histoire locale, où tous les renseignements se concentrent et se précisent.

Les églises de la Touraine, si riches qu'elles n'ont pas besoin d'être belles, si belles pourtant qu'elles n'ont pas besoin d'être riches, ont fourni quelques pages descriptives brillantes au savant archéologue, toujours prêt à mêler le récit à la critique d'art.

Mais les châteaux occupent peut-être la plus grande partie du volume : sans doute il en devait être ainsi dans cette opulente patrie d'une noblesse riche; et ce sera le charme des soirées de famille de lire leur histoire, enchantée par l'héroïsme, la poésie et l'amour. Pourquoi ne le dirais-je pas? Je sais un gré infini à l'auteur d'avoir terminé son livre par quelques pages émues sur cette colonie de Mettray, située aussi dans cette Touraine, à qui rien ne doit manquer, et qui est un des établissements les plus moraux de notre époque. Le Code de 1810 proclamait la nécessité d'amender le jeune coupable. C'est la colonie de Mettray qui accomplit cette partie clémente de la loi. Il est bon, après nous avoir promené longtemps à travers les splendeurs de ces existences si enviées, de nous montrer, non loin d'elles, sur l'autre revers de la colline, enchantée par l'héroïsme, toute une génération d'égarés qui cherche à remonter au rang d'homme, par le travail, la résignation, la moralité et le repentir.

Dieu fit du repentir la vertu des mortels !

Quand on aime les livres on aime tout d'eux, et rien de ce qui les touche ne nous laisse plus indifférents, ni la forme du caractère, ni la netteté de l'impression, ni la qualité du papier, ni la justification des lignes.

Sous ce rapport, comme sous beaucoup d'autres, *la Touraine* satisfait pleinement aux plus difficiles exigences du bibliophile, et la seule perfection de l'exécution matérielle suffirait à mériter une place d'honneur dans toutes les bibliothèques à ce spécimen brillant de la typographie française, qui, à force d'art, de goût, de science et de travail, arrive à une perfection hors ligne.

La Touraine a été dans la pensée de l'éditeur une

entreprise toute nationale, non-seulement quant à la province qui est le siége de son magnifique établissement, mais, si j'ose dire, quant à la France même, dont cette province privilégiée est l'échantillon le plus heureusement choisi.

La première édition de *la Touraine* fit son apparition dans le monde artistique et littéraire au moment où la France ouvrait la carrière à la pacifique émulation de tous les peuples. Ce rare mérite d'à-propos a sans doute contribué à la popularité du livre; bien des mains vinrent tourner ses feuilles éclatantes et solides qui ne les auraient jamais vues ailleurs que dans notre Palais de cristal; mais le moment était moins propice à la critique sérieuse et au jugement calme que méritent, mais que n'obtiennent pas toujours, ces œuvres de consciencieuse étude. Nous avions alors à parler de tant de choses! et le public lui-même avait tant de choses à voir! M. Mame obtint la grande médaille d'honneur; la commission des imprimeurs déclara que son livre, marqué au cachet d'une noble élégance, était le plus considérable de l'exposition après le riche et coûteux volume de l'*Imitation de Jésus-Christ*, et qu'il lui était même préférable au point de vue de la typographie pure. Puis tout fut dit, et on ne parla plus de *la Touraine*.

La seconde édition, qui la rend à la critique, nous a permis de revenir d'une façon plus complète sur sa partie historique, artistique et littéraire, et nous ne voulons pas la quitter sans dire un mot encore de ces mérites, moins purement intellectuels, dont la réunion vraiment rare la place en tête de la glorieuse pléiade formée par la typographie française.

L'épuisement complet de la première édition d'un volume à cent francs, dans un moment où il semble que l'on n'achète plus que des livres à un sou, est d'ailleurs un fait assez significatif pour qu'on lui accorde quelque attention.

On sait déjà de quels soins minutieux M. Mame a voulu entourer l'exécution de son livre. Des caractères spéciaux ont été gravés et fondus pour le texte; mais

on n'a fait aucun sacrifice à la fantaisie et au mauvais goût trop régnant, et l'on a choisi les formes les plus magistrales des types les plus purement classiques; le concours ouvert entre les diverses papeteries de France a donné une pâte unie, égale, brillante et solide comme le vélin d'un missel.

L'illustration de *la Touraine* a été confiée à deux peintres connus, appréciés et aimés du public, MM. Français et Karl Girardet, qui ont recueilli dans leurs cartons les monuments les plus illustres et les sites les plus enchanteurs de cette belle province; douze toiles charmantes qui figuraient avec honneur à l'exposition universelle des beaux-arts, ont été transportées sur le bois ou sur l'acier par des burins habiles à interpréter l'œuvre des maîtres, pendant que la chromolithographie rivalisait avec la peinture dans l'impression en couleur du frontispice, des verrières et des armoiries des baronnets tourangeaux. Rien, du reste, n'a été livré au hasard, et tout, jusqu'à l'ornementation des lettres, révèle l'heureux mélange de l'érudition, de l'élégance et du goût.

C'est ainsi que M. Mame a pu mériter les honneurs de la seconde édition; c'est ainsi qu'il arrivera sans doute à répandre et à populariser un livre qui restera comme le chef-d'œuvre de la typographie et de l'ornementation sévère, et comme le modèle de cette bonne et vraie production de la presse française, qui tire sa mâle beauté de l'excellente gravure des caractères, d'un interlignage convenable, d'une justification ni trop large ni trop étroite, d'une habile disposition des titres et des chapitres : heureuses conditions qui donnent à l'ensemble du livre un air parfait d'aisance et de noblesse. De tels ouvrages nous reportent avec bonheur aux belles éditions des *OEuvres de Racine* et de *la Henriade*, publiées dans le format in-folio, au commencement de ce siècle, par la recommandable famille des Didot, et que le rapport de l'exposition de 1806 proclamait les chefs-d'œuvre de la typographie de tous les temps et de tous les pays.

Louis ÉNAULT.

LE SIÈCLE

N° du 22 novembre 1855.

. . . .
Sans être aussi riche en ressources que l'imprimerie impériale, M. Mame, de Tours, a présenté au concours un merveilleux ouvrage, qui peut satisfaire les juges les plus difficiles, et auquel nous n'hésitons pas à donner la première place. Ce splendide volume, qui restera comme une des plus belles créations de la typographie française, est intitulé *la Touraine*, et

— 30 —

a été écrit par les membres de la Société archéologique, sous la direction de son président, M. l'abbé Bourassé. En rassemblant ainsi dans un beau volume les faits historiques de sa province, M. Mame a eu plus qu'une bonne pensée : il a fait une bonne action, une œuvre patriotique.

Nous ne saurions dire tout ce qu'il y a de fraîcheur et d'élégance dans ce magnifique volume. Il faut le voir pour comprendre le goût sévère qui a présidé à son exécution; il faut l'examiner attentivement pour se représenter le soin qui a présidé à ce beau travail. Si nous constatons que les caractères ont été spécialement gravés et fondus par MM. Thorey et Virey frères, nous devons également signaler la pureté, la fermeté et l'éclat de la pâte du papier sortant des usines de M. Doumerc.

Presque à chaque page on trouve de beaux monuments, des ruines imposantes, les sites les plus gracieux, des scènes historiques et les paysages les plus pittoresques. Tous ces monuments, ces riches détails, sont dus à deux artistes du premier ordre, MM. Karl Girardet et Français, dont les tableaux ou dessins ont été gravés avec un rare degré de perfection par les burins les plus exercés, au nombre desquels nous remarquons Mme Pannier, et MM. Doherty, Lalaisse et Ruhierre. Enfin, les ornements ont été dessinés par M. Catenacci, avec ce goût d'ajustement et cette connaissance approfondie de la renaissance qui placent cet artiste au premier rang.

Examinée dans son ensemble ou en détail, la Touraine est un magnifique ouvrage qui témoigne à chaque page des soins minutieux dont il a été l'objet. Il donne la plus haute idée de l'établissement de M. Mame, dont il justifie la célébrité, et il fait le plus grand honneur à lui et à ses ouvriers. Car, pour être juste jusqu'au bout, nous devons citer, parmi les coopérateurs de cet admirable travail, M. Henri Chaussemiche, compositeur fort distingué, qui est chargé de la mise en pages de toutes les éditions de luxe exécutées dans cette maison. Terminons enfin en faisant remarquer que l'exemplaire unique tiré sur vélin a été imprimé avec un plein succès à la mécanique, sur une des bonnes presses de M. Dutartre, dont la conduite était confiée à un habile ouvrier, M. Adolphe Duval.

Mais ce ne sont pas seulement les livres du genre de celui dont nous venons de parler qui sont remarquables chez M. Mame. Le vaste et superbe établissement qu'il administre à Tours occupe douze cents ouvriers environ; il est pourvu de vingt presses mécaniques, qui impriment une multitude de petits volumes livrés à des prix dont la modicité est presque incroyable. Cependant cette modicité de prix ne nuit en rien à la belle exécution, et chaque ouvrage est enrichi de gravures en taille-douce ou de vignettes, qui donnent de l'attrait à des lectures destinées pour la plupart à l'enfance.

Parmi les volumes exposés par M. Mame, il en est vraiment dont nous n'osons citer les prix, tellement ils sont minimes. Cependant nous pouvons nous dispenser de mentionner des Fables de la Fontaine illustrées de cent cinq vignettes, et cotées cinquante-cinq centimes toutes cartonnées; et plus loin un magnifique Livre d'heures, avec un titre en chromolithographie, de belles gravures, et plus de huit cents pages ornées d'encadrements en couleurs avec un sujet spécial pour chaque grande fête. Ce volume, si richement illustré, relié en chagrin noir avec tranche dorée, est marqué dix francs seulement, tandis qu'un petit paroissien (édition perle) très-bien imprimé sur papier glacé et relié en chagrin, avec ornements dorés ou à froid, ne coûte que quatre francs vingt-cinq centimes.

La belle vitrine de M. Mame nous montre encore de charmants volumes brochés de la Bibliothèque de la jeunesse chrétienne au prix de vingt centimes, et richement cartonnés à trente-cinq centimes; puis aussi des livres illustrés à un franc soixante-quinze centimes, et des paroissiens couverts d'une reliure simple en basane gaufrée à froid, qui ne coûtent que trente-cinq centimes. De pareils résultats étonnent vraiment, en présence des prix demandés pour les livres que l'imprimerie parisienne livre journellement au commerce. Mais aussi, il faut l'avouer, on trouve rarement une usine comme celle de M. Mame, qui exécute par elle-même les travaux ordinairement divisés de l'éditeur, de l'imprimeur, du libraire et du relieur. Chez lui un manuscrit passe directement de ses mains entre celles de l'acheteur à l'état de livre parfait dans tous les genres de confection, les plus riches comme les plus simples.

C'est cette suppression d'intermédiaire qui permet à M. Mame de livrer ses ouvrages à un bon marché aussi extraordinaire. Son magnifique établissement n'est donc pas seulement une des illustrations de la ville de Tours, il est encore un des plus utiles de la France. Exposant pour la première fois en 1849, cette imprimerie obtint du premier coup la médaille d'or, et le chef de la maison reçut la croix de la Légion d'honneur. Deux ans après, à l'exposition universelle de Londres, le jury lui conférait la médaille de prix, et tout nous fait supposer que cette fois encore l'établissement de M. Mame sera classé au rang des imprimeries du premier ordre.

EUGÈNE D'AURIAC.

_____

N° du 17 décembre 1856.

« Il est au centre de notre belle France, dit M. de Saulcy, une contrée belle par-dessus toutes les autres, que l'on parcourt pour la première fois avec bonheur et que l'on revoit toujours avec un plaisir plus vif : c'est la Touraine, que la douceur de son climat et le charme de ses sites ont fait surnommer le Jardin de la France. » Et qui n'a entendu parler de cette ravissante province, renommée dans toute l'Europe par ses fraîches vallées, ses riantes collines et ses plateaux boisés? Qui n'a désiré, au moins une fois dans sa vie, voir ce délicieux pays tant vanté par les voyageurs et si souvent chanté par les poëtes? C'est, en effet, une bien admirable contrée que celle dont on peut dire encore, comme au temps de Martin Marteau, dans son _Paradis délicieux de la Touraine :_ « C'est une des plus belles, meilleures, excellentes et agréables, voire même des plus fertiles provinces de cet opulent royaume, pour ne pas dire de ce grand monde. »

Ainsi pensait un de nos plus habiles imprimeurs, lorsqu'il se présenta l'année dernière au concours universel avec un magnifique volume riche de mille souvenirs historiques, reproduisant à tous les yeux les beautés naturelles, les ruines imposantes et les monuments des arts de la Touraine. Or le livre de M. Mame n'était pas seulement remarquable par son exécution matérielle, c'était encore une œuvre nationale destinée à faire connaître les hommes et les choses d'une grande province.

Pour composer convenablement un pareil ouvrage, il a fallu joindre à l'érudition de l'historien les connaissances du naturaliste et du géologue, le savoir de l'archéologue, le goût de l'artiste et l'imagination du poëte. L'intelligent éditeur s'était en conséquence adressé à la Société archéologique de Touraine, une des plus laborieuses et des plus actives parmi celles qui se sont donné pour tâche l'histoire et la conservation des monuments de la France, et la Société presque tout entière, composée d'antiquaires et d'érudits, avait voulu coopérer à cette œuvre sous la direction de son président.

Pour reproduire fidèlement les châteaux anciens ou modernes et les sites pittoresques de la contrée, on avait en outre eu besoin du pinceau du peintre, du burin du graveur, et cette tâche avait été confiée à des mains habiles, à des talents reconnus, à des artistes éprouvés, à la tête desquels se trouvaient MM. Karl Girardet et Français.

Enfin, pour compléter ce livre, pour en faire un monument, M. Mame avait épuisé toutes les ressources de la typographie, et il créa, sous le nom de _la Touraine,_ un véritable chef-d'œuvre qui fit l'admiration de tous ceux qui s'intéressent aux progrès et aux perfectionnements de ce bel art.

Les lecteurs du _Siècle,_ qui savent l'accueil fait aux _Galeries publiques de l'Europe,_ publiées par M. Armengaud, ne seront pas étonnés lorsque nous leur dirons que les amateurs et les artistes se précipitèrent à l'envi sur le riche volume dû aux soins de l'imprimeur tourangeau. Malheureusement le livre n'avait été tiré qu'à mille exemplaires. On se les disputa, et le tirage ne tarda pas ainsi à être épuisé.

En présence d'un succès aussi merveilleux, M. Mame n'hésita pas à faire une seconde édition de son ouvrage, et _la Touraine_ vient de reparaître, peut-être encore plus belle et plus splendide que la première fois.

Tout a été dit sur l'ancienne Touraine; mais il fallait jadis consulter cent volumes pour retrouver les faits principaux, l'histoire des lieux, des monuments, les descriptions ou les chroniques de cette province. Aujourd'hui, grâce au volume que nous signalons, tout le monde peut connaître ce beau pays si favorisé, où la campagne et les hommes semblent jouir d'une félicité éternelle.

Une notice géologique de M. Chevalier nous apprend d'abord ce qu'était la Touraine avant de présenter aux hommes l'aspect d'une des contrées les plus agréables et les plus salubres de la France. Puis une savante description, due à M. de Galembert, nous explique comment sa position géographique, ainsi que la direction de ses coteaux et de ses vallées, rendent son climat tellement tempéré, que l'on n'y ressent ni les rigueurs de l'hiver ni les chaleurs accablantes de l'été.

La nature et la configuration extérieure du sol de ce pays le firent donc extrêmement rechercher dans tous les temps. Sous les Romains, il faisait partie de la troisième Lyonnaise; puis il fut occupé par les Visigoths, et ensuite par les Francs. Plus tard, en **732,** Charles Martel battait les Sarrasins, qui voulaient s'emparer de ce pays, et, au IXᵉ siècle, les Normands étaient à leur tour défaits plusieurs fois sur les rives de la Loire.

Ce serait ici le lieu de raconter les progrès de la conquête de la Touraine, commencée par Foulques Néra, et terminée en 1044 par Geoffroy Martel, à la bataille de Nouy, sur les hauteurs de Montlouis; mais nous aimons mieux renvoyer nos lecteurs au récit animé de M. Grandmaison, qui a raconté avec beaucoup de clarté les faits relatifs à cette grande lutte, terminée au profit de la maison d'Anjou.

Pendant quelques années, les rois d'Angleterre possédèrent la Touraine en qualité de comtes d'Anjou, héritiers de Geoffroy; mais, en 1202, Philippe-Auguste confisqua cette province sur Jean sans Terre, l'assassin d'Arthur de Bretagne. Après l'avoir réunie à la couronne, Philippe créa chevaliers bannerets les principaux seigneurs du pays, et ces seigneurs arborèrent pour la première fois leur bannière à la mémorable bataille de Bouvines, en 1214. Les noms de ces vaillants chevaliers, la fleur de la noblesse de Touraine, ont été recueillis par M. Lambron de Lignim, auquel on doit également un article plein d'érudition sur la municipalité. Dans ce dernier travail, l'auteur nous rappelle que la ville de Tours dut ses premières franchises communales au bourg de Châteauneuf, dont l'émancipation commença en 1120, et qui fut réuni à la cité proprement dite sous Jean le Bon, en 1355.

Les habitants de Châteauneuf étaient alors, à ce qu'il paraît, riches et fastueux, s'habillant avec les étoffes et les fourrures les plus précieuses, et vivant dans des maisons crénelées, ornées de tours élevées. Toujours ils étaient en festins, et ils avaient pour divertissements habituels les chats, les dés et la chasse à l'oiseau. Ces détails, qui nous sont fournis par un chroniqueur écrivant en 1210, sont surtout curieux lorsqu'on les rapproche du portrait qu'il fait également des habitants de Tours.

« Les Tourangeaux, dit-il, sont fidèles à leurs promesses, modestes, affables, instruits, constants, courageux, ne s'enorgueillissant pas dans la prospérité et ne s'abaissant pas dans le malheur. La beauté des femmes est merveilleuse; elles se fardent le visage et se parent de vêtements magnifiques. Leurs yeux allument les passions, mais leur chasteté les fait respecter. »

Ce portrait, qui semble écrit d'hier, après plus de six cents ans, est emprunté aux chroniques de Touraine publiées par M. André Salmon, archiviste de Tours, qui a puisé dans son remarquable recueil tous les éléments d'une histoire de l'abbaye de Marmoutier, inséré dans la Touraine.

Et, puisque nous retrouvons de nouveau le nom de cette province sous notre plume, constatons tout de suite que, dans le volume qui lui est consacré, M. l'abbé Bourassé s'est chargé de raconter la réunion du comté de Touraine à la couronne de France, ainsi que l'époque à laquelle ce beau pays vit Charles VII, Agnès Sorel, Jeanne d'Arc et Louis XI, au souvenir desquels toutes les traditions locales semblent se rattacher. Pour les Tourangeaux, ces personnages sont les seuls historiques. Mais M. Saucié s'est chargé de leur rappeler comment les états généraux avaient été rassemblés à Tours en 1308, 1468, 1484 et 1506, tandis que M. V. Luzarche leur raconte la translation à Tours du parlement de Paris et des autres cours supérieures, lorsque Henri III, contraint par les progrès de la Ligue à quitter Paris, avait résolu de reconstituer son gouvernement en dehors des murs de la capitale révoltée.

La Touraine, curieuse pour l'historien, est également digne de l'attention de l'archéologue, qui peut y remarquer des pierres druidiques en assez grand nombre, telles que les dolmen de Saint-Antoine-du-Rocher, de Saint-Lazare, de Briançon, de Sainte-Maure, de Charnizay, Château-la-Vallière, Crouzille et Haut-Brizay. Les antiquités romaines y sont peut-être rares et de peu d'importance. Cependant on peut signaler l'aqueduc de Luynes, les ruines de Saint-Venant, l'amphithéâtre de Tours, le camp d'Amboise, la forteresse de Larçay, puis enfin la Pile de Cinq-Mars, dont quelques-uns attribuent la construction à l'époque gallo-romaine et d'autres aux Visigoths. Mais c'est surtout en monuments du moyen âge que cette province est riche. A chaque pas, des débris d'anciennes forteresses rappellent les guerres féodales; telles sont les magnifiques ruines de Chinon, Loches, Montbazon, l'Ile-Bouchard et Rochecorbon. Ces vieux manoirs, qui virent parfois quelques beaux jours, cachèrent le plus souvent, derrière leurs hautes murailles, bien des peines, bien des larmes. Le crime et la vengeance s'y dérobèrent plus d'une fois à la justice, et les soucis, les remords minèrent les jours des misérables qui y avaient cherché un abri.

Aujourd'hui le voyageur contemple ces ruines, ces monuments du temps passé, sans se rappeler les souvenirs lugubres qui s'y rattachent. Séduit par leur aspect pittoresque, il oublie le passé pour ne voir que la forme de l'édifice, la beauté du site. Et aussi, pourquoi ne pas se contenter d'admirer, sans gémir constamment sur des ruines muettes, mais belles de leur antiquité? Faisons donc comme l'antiquaire, le savant, l'artiste, qui étudient avec calme, et contemplons avec eux le portail de l'église Saint-Clément, le prieuré de Saint-Côme, les restes de l'abbaye de Marmoutier et du château du Grand-Pressigny, l'ancien donjon de Châteaurenault ; enfin, les résidences et seigneuries d'Azay-le-Rideau, d'Ussé, Vouvray, Langeais et Chenonceaux, que l'on considère avec raison comme la merveille de la ravissante Touraine.

Nous n'en finirions pas si nous voulions signaler seulement en passant les principales chroniques relatives aux lieux que nous venons de citer. Cependant nous ne pouvons passer sous silence un passage du récit de M. E. Cartier, qui assure que les victimes de la conjuration d'Amboise furent moins nombreuses qu'on ne le pense généralement, et dit : « Tout cela se réduit à une quinzaine de rebelles, qui furent punis du dernier supplice. »

Il n'est personne à qui le nom d'Amboise ne rappelle cette sanglante tragédie qui se dénoua dans ses murs, au commencement de 1560. On se souvient des réformés persécutés, réduits à une tentative désespérée, et ayant pour chef Godefroi de Barri, sieur de la Renaudie. En suivant les diverses phases de ce complot, nous le voyons deux fois trahi, la première par des Avenelles et la seconde par de Lignières, sans que les conjurés abandonnent leur dessein. C'est au moment de la découverte de la conjuration qu'une quinzaine de rebelles furent, en effet, arrêtés et pendus aux créneaux du château. Mais, après que la Renaudie eut été tué dans la forêt de Châteaurenault, lorsque son cadavre eut été attaché à une potence sur le pont d'Amboise, quand enfin les conjurés eurent assailli en plein jour la ville, dont ils furent vigoureusement repoussés, non-seulement un grand nombre de ces derniers furent faits prisonniers, mais les fuyards tombèrent presque tous entre les mains des gens d'armes qui arrivaient au secours du duc de Guise. « Le rôle des soldats était fini, dit M. H. Martin, celui des bourreaux commença. » Les vengeances des vainqueurs furent atroces, implacables alors. On ne fit que *décapiter, pendre ou noyer gens* durant tout un mois ; et, selon les contemporains, la Loire fut couverte de cadavres attachés par six, huit, dix, quinze, à de longues perches, tandis que les rues d'Amboise, tapissées de corps morts, ruisselaient de sang humain. Enfin les Guises réservaient le supplice des principaux rebelles « pour après le dîner donner quelque passe-temps aux dames, » qui assistaient à la mort des victimes comme à un spectacle.

Telle est, en abrégé, la vérité sur les suites de la conjuration d'Amboise. Si l'on dit le crime, il faut avoir le courage de dire aussi les infamies de la royauté, qui se conduisit dans cette circonstance, comme dans bien d'autres, avec une cruauté révoltante.

Nous nous arrêtons ici, car il faudrait tout voir et tout analyser dans cet admirable volume. En effet, la deuxième édition de *la Touraine* est peut-être supérieure à la première. Le papier en est encore plus beau, et quelques gravures sur bois, retouchées, ont beaucoup gagné à l'impression. L'année dernière, lorsque nous fûmes chargé du compte rendu de l'imprimerie à l'exposition universelle, nous avons dit le mérite des belles gravures, des chromolithographies et des trois cents gravures sur bois qui font l'ornement de cet ouvrage ; nous signalions à ce moment les artistes, compositeurs, imprimeurs et autres personnes qui prirent part à la composition du livre, et furent presque tous récompensés par le jury. Nous n'hésitâmes pas alors à placer *la Touraine* au-dessus des livres les plus vantés de l'exposition, et, en rendant compte de l'ensemble des travaux de la belle imprimerie fondée à Tours, nous espérions pour elle la plus haute récompense. Notre espoir n'a pas été trompé, et le jury a décerné au chef de cet établissement la grande médaille d'honneur.

Ce jugement, d'accord avec notre opinion, a été ratifié depuis par des concurrents, par des hommes particulièrement aptes à constater l'état de la typographie au concours de 1855. Le 14 février 1856, M. Jules Delalain, rapporteur de la commission nommée par l'association des imprimeurs de Paris, s'exprimait en ces termes : « Nous manquerions à notre mission si nous n'accordions une mention toute spéciale à ce somptueux volume in-folio de *la Touraine*, chef-d'œuvre de typographie et d'ornementation sévère, imprimé et publié par M. Mame. Cet ouvrage, marqué au cachet d'une noble élégance, était certainement le plus remarquable de l'Exposition après le riche et coûteux volume de l'*Imitation de Jésus-Christ*, exposé par l'imprimerie impériale ; et même, à notre avis, pour les amateurs de la pure typographie, *la Touraine* est préférable à l'*Imitation*. Ce volume de notre confrère tourangeau est, en effet, le type de cette bonne et vraie typographie qui tire sa mâle beauté de l'excellente gravure des caractères, d'un interlignage convenable, d'une justification ni trop large ni trop étroite, d'une disposition large des titres et des chapitres ; heureuses conditions qui donnent à l'ensemble du livre un air parfait d'aisance et de noblesse. Une telle publication, imprimée avec soin et sur beau papier, n'a pas besoin d'appeler à son secours le brillant des couleurs ; il lui suffit de se présenter dans sa noble simplicité, sans fard et sans colifichets étrangers à la typographie. »

Après un tel éloge, il ne reste plus rien à dire sur cette publication si remarquable. La deuxième édition de *la Touraine* témoigne à chaque page des soins minutieux dont sa confection a été l'objet; elle nous prouve en outre que M. Mame ne s'arrête pas dans la voie du progrès. Il travaille, il polit chaque jour son œuvre, et c'est ainsi qu'il conservera la place qu'il a prise à la tête de l'imprimerie française.

EUGÈNE D'AURIAC.

———

Nº du 20 août 1859.

Aujourd'hui le mouvement est aux livres religieux et classiques : nous élevons une génération qui sera docte et sainte, il faut l'espérer. En ce genre, certaines de nos *fabriques* départementales reproduisent quasi les immensités des imprimeries américaines et anglaises : les vingt-huit presses mécaniques de William Clowes, les trente-deux de John Dixion. A Tours, les Mame occupent un monde. Leurs magasins contiennent deux millions de volumes fabriqués, sans compter la réserve en feuilles. Ils tirent ou peuvent tirer *cent mille feuilles par jour!* Ils ont vingt presses mécaniques et vingt presses de taille-douce. Leur seul atelier de reliure nourrit 1,200 ouvriers. C'est formidable! Et cependant, Monsieur, l'art n'est pas exclu de cette colossale maison; je vous citais tout à l'heure un beau livre de MM. Mame, *la Touraine*. Ils vendent ce volume 100 francs ; il leur en a coûté 120,000. A la bonne heure !

AUGUSTE LUCHET.

L'UNION

Nº du 29 novembre 1856.

Il y a encore des amateurs de beaux livres; j'en suis charmé pour mon temps; c'est toujours quelque chose. Aujourd'hui qu'il ne faut dans les cités que des demeures splendides, et dans toute habitation nouvelle que des meubles éclatants, il était bien juste que cette passion pour la magnificence s'étendît au delà de la pierre et du bois, et fît une part aux lettres. Tout le monde a admiré, à l'exposition universelle, *la Touraine* de M. Mame; pour le dire en passant, l'éditeur a récemment refusé une somme importante de l'exemplaire unique sur peau de vélin qui figurait à l'exposition. Des acheteurs se sont rencontrés pour enlever rapidement la première édition de cet ouvrage, qui ne va pas à toutes les bourses, mais qu'on s'étonne de ne pas payer plus cher, tant l'exécution en est superbe. Une deuxième édition, au moins aussi belle que la première, vient de paraître; j'en ai un exemplaire sous les yeux, et j'ai pu tout à mon aise examiner à page à page le riche in-folio. Ce pays de Tours a quelque chose de prédestiné pour l'art typographique; ce fut un Tourangeau, Jenson, qui, à la première nouvelle de la découverte de l'imprimerie, s'en alla à Mayence avec une mission de Charles VII, et peut-être de Louis XI, afin d'y étudier ou d'y surprendre les secrets de l'art nouveau; maître de la monnaie de Tours et graveur très-habile, il avait tout ce qu'il fallait pour saisir et s'approprier les procédés de Gutenberg, de Fust et de Schœffer. Des motifs que l'histoire n'explique pas suffisamment l'ayant déterminé à renoncer à la France, Jenson se rendit à Venise, où il établit une imprimerie dont les développements aidèrent beaucoup au perfectionnement de la découverte allemande. Dès la fin du xvᵉ siècle il y avait à Tours des presses d'où sortirent plusieurs livres, entre autres celui qui est intitulé : *Vie et Miracles de monseigneur saint Martin.* Plus tard un Tourangeau, Maurice Bouquereau, prenait rang parmi les imprimeurs de renom. Un autre Tourangeau, Christophe Plantin, plus célèbre que les précédents, s'inspirant des grands exemples des Aldes à Venise et des Estiennes en France, fondait à Anvers, au xvıᵉ siècle, une maison qui, aujourd'hui encore, appartient à ses descendants; il avait deux autres établissements, l'un à Paris, l'autre à Leyde; le roi d'Espagne Philippe II le nomma son premier imprimeur, et lui demanda une nouvelle édition de la Bible polyglotte d'Alcala ; ce fut le chef-d'œuvre de Plantin ; sa marque typographique est une main qui tient un compas ouvert, avec ces mots : *Labore et constantiâ :* belle devise qui sera celle de tout homme qui voudra laisser sur la terre quelque trace utile de ses pas! A la suite de ces noms partis des bords de la Loire, et qui se mêlent à l'histoire de l'imprimerie en

Europe, le nom de M. Mame aura sa place. Dans les rapports du jury mixte international, il est dit que les produits de M. Mame se recommandent par une « perfection hors ligne, due à l'art, au goût, à « la science et au travail. » L'association des imprimeurs de Paris, dans le rapport qu'elle vient de publier, rend hommage à l'ouvrage dont j'avais à cœur de signaler les beautés. De telles louanges ont du prix : M. Mame est jugé par ses pairs.

Cet ouvrage, qui a été proclamé le plus beau livre de l'exposition universelle, se présente avec d'autres conditions d'intérêt que la perfection typographique; peintres et dessinateurs, graveurs sur acier et sur bois, imprimeurs en taille-douce, ont concouru à l'œuvre. C'est grâce à la diversité de tant de soins habiles et à la réunion de tant de talents, qu'en feuilletant la Touraine au coin de son feu on se trouve doucement en présence des monuments, des ruines et des lieux; on s'arrête devant les cités vivantes et devant les muets débris, devant tout ce qui subsiste encore du passage des générations à travers deux mille ans d'histoire. Les temps reculés ont laissé dans cette région des vestiges que le crayon a recueillis; mais on y est surtout en pleine histoire de France; car nulle province n'a été aussi profondément associée que la Touraine aux événements qui remplissent nos annales; elle a été appelée « le Jardin de France et le plaisir des roys »; c'était dire que les ambitions avaient dû se la disputer longtemps, et que les affaires et les joies avaient dû s'y rencontrer plus qu'ailleurs.

Mais ces monuments sont silencieux, et l'homme seul parle de l'homme. Il fallait un texte à ces images; il a été fait, et bien fait. Trop souvent on met au service de ces sortes d'entreprises une littérature de pacotille et des jugements à l'avenant; ici, vous trouvez un ensemble complet de recherches intéressantes, de récits exacts, d'appréciations solides et justes; quoique plusieurs aient passé par là, le sentiment est partout le même; c'est un sentiment d'équité envers le passé, et toujours de haute morale. On sent planer sur l'œuvre la pensée religieuse, et, en effet, la direction du texte avait été confiée à un homme de piété, de savoir et de goût, à M. l'abbé Bourassé, chanoine de Tours. Depuis l'étude géologique des époques primitives jusqu'aux indications contemporaines, la rédaction de l'ouvrage a été exclusivement confiée à des Tourangeaux, ce qui explique l'accent filial du langage qu'on y entend.

Une gravure très-expressive représente le corps d'un pontife ramené sur la Loire. Quels sont ces restes portés si religieusement dans une barque qui elle-même semble glisser avec respect? C'est la dépouille d'un grand saint, d'un grand homme, saint Martin, dont la mémoire entra fort avant au cœur des peuples de l'Europe, et dont le tombeau fit partie du culte du vieil Occident chrétien. Tours lui a dû son importance et sa gloire; la splendeur de sa basilique était comme un témoignage permanent de vénération pour cet évêque du IVe siècle et de tous les siècles. Plusieurs fois renversée et toujours relevée, la basilique trouva des ennemis plus barbares que les Normands : je veux parler des protestants et des révolutionnaires.

Voici, sur la rive droite de la Vienne, Chinon, mêlé au souvenir des vieilles guerres. Jacques de Molay, grand maître de l'ordre des Templiers; Hugues de Peraldo, le visiteur de France; les commandeurs de Chypre, d'Aquitaine et de Normandie, y subirent un interrogatoire. On connaît le mot de Bossuet sur les templiers : « Ils avouèrent dans les « tortures, mais ils nièrent dans les supplices. » Dans cette longue série de faits que rappelle le seul nom de Chinon, il est une scène à laquelle mon patriotisme s'attache de préférence. Un roi de France est là dans ce château, oubliant trop aisément les dangers, les calamités du pays; une pauvre fille des champs, confiante et ferme comme ceux à qui Dieu a parlé, demande à être présentée au souverain. Admise dans la grande salle du château, elle est entourée d'une foule brillante et curieuse. Le roi, qu'elle n'a jamais vu, arrive au milieu d'un groupe de seigneurs de la cour; le seigneur de Chiffay est plus richement vêtu que les autres. On veut faire croire à la pauvre fille qu'il est le roi; mais elle n'a rien à apprendre des hommes, et va droit à Charles VII, qui porte un simple manteau brun. « Dieu vous donne bonne vie, gentil Dauphin, lui « dit-elle. J'ai nom Jeanne d'Arc. Le Roi du ciel « m'a envoyée pour vous secourir. S'il vous plaît me « donner gens de guerre, par grâce divine et force « d'armes je ferai lever le siége d'Orléans, et vous « mènerai sacrer en la ville de Reims, malgré tous « vos ennemis. C'est ce que le Roi du ciel m'a com- « mandé de vous dire, et que sa volonté est que les « Anglais se retirent dans leur pays et vous laissent « paisible dans votre royaume, comme en étant le « vrai, unique et légitime héritier. D'ailleurs, si « vous doutez de mes paroles, je puis vous raconter « telles choses que vous seul savez, gentil Dauphin, « et que mes voix m'ont révélées. » Le monde sait le reste. La première page est à Chinon, la dernière à Rouen. Les Anglais, voulant se venger de celle qu'ils n'avaient pu vaincre, et voulant aussi du même coup donner un démenti au Ciel et *infamer*, comme on disait alors, le roi de France, brûlèrent l'héroïne prisonnière et désarmée. Ah! ce bûcher reste debout de siècle en siècle, et sa flamme, que rien ne peut éteindre, n'éclaire pas l'honneur de l'Angleterre!

Je tourne la page, et Loches m'apparaît. Loches! c'est comme un bruit du passé auquel répondent les plus grands noms du moyen âge. Ce vieil et immense donjon qui domine les rives de l'Indre et tout le pays, vit Philippe-Auguste et Richard Cœur-de-Lion; il vit saint Louis, qui l'avait racheté par un acte daté *du camp, en Égypte, touchant le fleuve du Nil;* Philippe le Bel, Jean II, à la tête de la chevalerie française, montée sur *fleur de coursier*. Une renommée qui n'est ni sérieuse ni héroïque, mais qui est entrée dans les souvenirs populaires, a ici sa place; on visite dans la collégiale de Loches le tombeau d'Agnès Sorel, et, en face, à Beaulieu, son hôtel. Alain Chartier nous dit qu'au lit de mort elle témoigna *moult belle contrition et repentance de ses péchés*. Les chanoines de Loches, édifiés de la fin chrétienne d'Agnès Sorel, prirent soin de son nom; ils voulurent ne pas laisser ignorer à la postérité qu'elle était *piteuse envers toutes gens*, et que *largement elle donnoit de ses biens aux églises et aux pauvres*. En 1793, où tant de tombes furent violées, celle d'Agnès ayant tenté la curiosité brutale et impie des dominateurs du moment, un conventionnel s'appropria la longue chevelure de *la dame de beauté*. On rapporte même qu'à cette époque où les reliques des saints étaient jetées au vent, les violateurs du sépulcre d'Agnès Sorel ne purent résister à l'envie de se partager ses dents. Il est remarquable que les trois femmes les plus célèbres dans l'histoire des faiblesses royales soient parties de la Touraine. Ce pays a d'invincibles enchantements. Au nom d'Agnès Sorel il faut ajouter ceux de Gabrielle d'Estrées et de Louise de la Vallière. Mais celle-ci dépasse les deux autres par la hauteur morale que lui ont donnée trente-cinq ans de pénitence; elle a conquis la seconde innocence à force de repentir. Qu'elle est grande cette sœur Louise de la Miséricorde sous le voile noir de carmélite avec lequel elle se présente au tendre respect de la postérité!

Amboise, Cande, Semblançay, Chenonceaux, où sont les personnages qui ont passé sous vos ombres? Combien peu pèse leur poussière, et que de bruit autrefois! Louis XI, grand homme d'État, bizarre dans ses profondeurs et froidement cruel dans ses vengeances, avait pour demeure habituelle son manoir du Plessis; mais de temps en temps il se montrait à Amboise; c'est là qu'il eut en main la preuve que son ministre Balue le trahissait; c'est là qu'il institua l'ordre de Saint-Michel, et que, quatorze ans plus tard, pressentant sa fin prochaine, il adressa au Dauphin ses exhortations et ses adieux. Marie Stuart, reine de dix-sept ans, eut à Amboise de beaux jours, les seuls heureux jours de sa vie, bientôt troublés par une conjuration que devaient suivre d'autres épreuves bien plus terribles. Quelle gracieuse cité que Cande, au confluent de la Vienne et de la Loire! De ce lieu s'envola vers les régions éternelles l'âme intrépide et sainte de cet évêque populaire, ouvrier si puissant du christianisme dans la Gaule. La basilique de Cande se dresse comme une mémoire de la mort de saint Martin. L'abbaye de Fontevrault est là tout près; on ferait des volumes avec sa royale histoire. Chenonceaux, le seul château qui puisse être comparé à Chambord, nous redirait les noms de François Ier et de Henri II, de Diane de Poitiers et de Catherine de Médicis. La veuve de Henri II y donnait ses fêtes. Le Tasse, durant le séjour qu'il fit en France, parut à Chenonceaux; son poëme immortel garde la trace de la douce impression que lui avait laissée la Touraine. Chenonceaux, dans la diversité de sa destinée, ayant passé aux mains d'un fermier général, devint, au xviiie siècle, le rendez-vous brillant d'une société spirituelle. Montesquieu, Buffon, Voltaire, Fontenelle et beaucoup d'autres, y jouissaient de l'opulente hospitalité de Claude Dupin, qui avait eu Jean-Jacques Rousseau pour secrétaire. « Les Français « sont en Touraine, non à Paris », écrivit un jour Rousseau. Les possesseurs actuels de Chenonceaux ne lui ont rien fait perdre de son éclat.

En feuilletant ce volume magnifique, où tout sollicite mon attention, je me reproche de tourner en silence tant de pages; je me résigne d'avance à être accusé d'omissions nombreuses, et ma meilleure excuse c'est l'impossibilité de tout dire; mais il est un lieu que je n'oublierai pas : il me faudrait oublier de trop chers souvenirs. Je salue donc en passant le château d'Ussé, qui élève son front dominateur au-dessus des vallées de l'Indre et de la Loire; dans sa fière attitude un peu voilée, il apparaît comme un héros des vieux temps qui ne sait plus quoi faire de ses armes, mais qui attend toujours. Le comte Auguste de la Rochejaquelein, qui a su si bien porter ce nom, inscrit au nombre des noms glorieux; la comtesse de la Rochejaquelein, grande chrétienne et grande Française, sont les maîtres du château d'Ussé. Cette terre, dont les premières dates remontent au xᵉ siècle, appartient successivement aux familles de Montejean, de Bueil, d'Épinay, de Valentinay, de Chalabre. Le duc de Duras l'acheta il y a cinquante ans. Dans la chapelle d'Ussé reposent les restes de la duchesse de Duras, l'auteur charmant d'*Ourika* et d'*Edouard,* femme rare et d'aimable autorité, dont récemment une fine et élégante plume nous a retracé le salon tout éclatant de grâce et de génie. La fille aînée du duc de Duras, d'abord princesse de Talmont, puis comtesse de la Rochejaquelein, a hérité du château d'Ussé.

Je vais fermer cet in-folio de *la Touraine,* et je n'ai parlé ni de Grégoire de Tours, courageux représentant de la civilisation chrétienne en des temps barbares, inappréciable historien des premiers âges de notre patrie; ni de Martin IV, qui fut un pape à la fois sage et intrépide; ni du cardinal Georges d'Amboise, premier du nom, grand ministre qui mérita le beau surnom d'*Ami du peuple,* comme son maître avait mérité qu'on l'appelât *Père du peuple;* ni de Boucicaut, ni de Rabelais, ni de Descartes, ni de Racan, ni de Destouches, ni de beaucoup d'autres qui, à des titres différents et inégaux, ont honoré la Touraine : on les retrouvera dans cette œuvre attrayante et variée, ainsi que tant de manoirs, de curiosités et de sites que j'ai été obligé de passer sous silence. Toutefois ces lignes, malgré leur rapidité, inspireront, je l'espère, quelque désir de connaître une publication essentiellement nationale pour laquelle nul soin littéraire, nul effort d'art et de savante industrie, nul sacrifice, n'ont été négligés, et qui, à une occasion solennelle où la carrière s'ouvrait à l'émulation des peuples, a établi la supériorité de la typographie française. *La Touraine* a valu à son célèbre éditeur la *grande médaille d'honneur;* elle est à la fois un monument et une date. Les amis des beaux livres en Europe attendent de M. Mame d'autres œuvres; si haut qu'on ait atteint, on garde toujours en soi-même l'idée d'une plus parfaite beauté, et le patriotisme fait le reste.

POUJOULAT.

L'ASSEMBLÉE NATIONALE

Feuilleton du 27 décembre 1856.

La littérature ne doit-elle pas faire une place au jour de l'an? Oui, pourvu que le jour de l'an consente à en faire une à la littérature, et c'est là, Dieu merci! ce que je rencontre en ce volume magnifique, splendide, chef-d'œuvre de science, de typographie et d'art, trop beau pour notre époque de publications à bon marché, réservé, semblait-il, aux millionnaires lettrés, et qui pourtant, en dix-huit mois, arrive à sa seconde édition : ce qui prouve, non pas que l'esprit a toujours des millions, mais que les millions ont quelquefois de l'esprit! La Touraine! le nom est doux, même à l'oreille de ceux qui ne sont pas Tourangeaux; on aime à le prononcer et à lui sourire, alors même qu'on y apporterait un peu de rivalité provençale. Ne trouvez-vous pas, en effet, que c'est là surtout la différence entre les pays favorisés du Ciel et de la nature, et ceux qui le sont moins ou qui ne le sont pas? Le pauvre habitant de la Lozère ou des Landes aimera tout autant, peut-être plus, sa triste et ingrate province que l'enfant des bords riants et des riches vallées de la Loire ou du Rhône : s'il a le sentiment poétique, il pourra répandre sur ces terres plates et grisâtres, sur ces collines rugueuses et nues, l'idéal et le rayon qui leur manque; mais qu'il parle de son pays, son émotion et son amour ne seront compris et partagés par personne. Pour le lui rendre cher, pour que son regard et son cœur s'y reportent incessamment quand il en est éloigné, il faut ces affinités intimes du sol natal que rien ne remplace et qu'on ne saurait définir, ces végétations mystérieuses qui ont leurs racines dans l'âme, et leur pâle verdure aux premiers horizons entrevus de notre berceau. Au contraire, que ces noms privilégiés, Venise, Naples, Rome, la Toscane, l'Oberland, l'Andalousie, la Provence, la Touraine, viennent tout à coup à retentir, ces syllabes harmonieuses parlent aux étrangers comme aux indigènes : elles éveillent de doux souvenirs auxquels on revient avec charme, ou d'attrayantes images vers lesquelles on s'élance en idée, comme vers un aimable songe interrompu et regretté. En un mot, les autres pays ne sont que la patrie de leurs habitants; ceux-là sont un peu la patrie de tout le monde, de tous ceux qui se plaisent à vivre par la pensée dans un cadre de beauté, de sérénité et de douceur.

Fils pieux de la Touraine, M. l'abbé Bourassé a voulu lui consacrer un monument digne d'elle ; et, disons-le, il a trouvé en M. Mame l'homme le plus capable de répondre à toutes les exigences, à toutes les délicatesses de sa piété filiale. Il y a longtemps que je désirais une occasion de rendre hommage à M. Mame au nom de la littérature des honnêtes gens. Dans un siècle d'égoïsme mercantile où tout se calcule par le bénéfice et le prix de *revient,* où se relâchent et se brisent tous les liens qui unissaient autrefois le maître et les ouvriers, quel plus noble exemple que celui de cet imprimeur s'entourant de ses ouvriers comme de ses enfants, échelonnant, d'après le mérite, les travaux et les récompenses, transformant sa maison et ses ateliers en une seule famille, unie par la religion, la charité et la prière, et faisant servir sa fortune, patiemment et loyalement gagnée, au bien-être matériel et moral de cette famille laborieuse groupée et abritée sous sa douce loi ? A une époque où tout se rapetisse, où l'égalité démocratique prend mesure des ouvrages de l'esprit pour les réduire à sa taille, et où la typographie est obligée de faire pour presque rien ce que la librairie donne pour si peu, quel meilleur spectacle que celui de ce typographe pratiquant sa spécialité comme un art, ne reculant devant aucun sacrifice pour maintenir cet art à la hauteur de ses anciennes magnificences, et, dans le grand tournoi industriel de 1855, ayant su, avec quelques rares confrères, épargner au livre la honte d'être battu par la machine ? Enfin, dans un temps où le talent de faire fortune ne reconnaît plus ni foi ni morale, où l'industrie tend à devenir athée, où la librairie débite indifféremment papier et caractères, sans se soucier de ce que ces caractères expriment et de ce que ce papier propage, quel plus édifiant contraste que cet éditeur ne permettant pas à ses presses de laisser glisser entre leurs rouages une seule goutte de poison, et prouvant en sa personne qu'on peut, Dieu merci ! prospérer en spéculant sur le bien, les sentiments purs, les saintes croyances, le plus irréprochable emploi de la pensée humaine, comme d'autres spéculent sur le scepticisme, l'immoralité, les passions et les vices ? Des imprimeurs tels que M. Mame réalisent deux choses également difficiles : ils font croire à la province, et amnistier Gutenberg.

On le voit, M. l'abbé Bourassé et M. Mame étaient bien faits pour s'entendre ; et de leur heureuse alliance, secondée par des écrivains, des érudits et des artistes d'un haut mérite, est sorti cet admirable livre de *la Touraine,* où tout est beau, texte, gra-

vures sur acier, gravures sur bois, portraits, chromo-lithographie, choix des monuments et des paysages, impression, papier, harmonie générale de l'exécution matérielle avec l'inspiration de l'œuvre.

L'histoire et la géologie en forment les premiers chapitres. M. l'abbé Bourassé, dans une rapide introduction historique, a esquissé à grands traits tout le passé de sa chère province, depuis les temps les plus reculés jusqu'au moment où la Touraine, décapitée et débaptisée par la révolution, ne s'est plus appelée que le département d'Indre-et-Loire ; nom incomplet qui ne comprend pas même toutes ses richesses et n'embrasse pas toutes ses limites. Mais ce passé historique n'a pas suffi au patriotisme et à la science des érudits tourangeaux : dans un second chapitre, très-intéressant et très-curieux, M. l'abbé Chevalier s'est occupé de *la Touraine avant les hommes.* On frémit quand on songe à la quantité de transformations minérales, animales et végétales, de couches successives et superposées, par où la Touraine a dû passer avant d'arriver du fond de l'Océan, où elle gisait pendant cette Genèse préventive, jusqu'à ces merveilles de fertilité qui l'ont fait surnommer le Jardin de la France. M. Jourdain, qui avait toutes les envies du monde d'être savant, bien qu'il redoutât le brouillamini et le tintamarre, aurait appris, en lisant ces pages de M. l'abbé Chevalier, que le sol de la Touraine n'a jamais été plutonique, mais neptunien ; qu'elle a traversé d'abord la période jurassique, pendant laquelle elle n'a eu pour habitants que des térébratules, des gryphées, des ammonites, des bélemnites, des mammifères marsupiaux et d'innombrables légions d'huîtres, elle qui devait plus tard donner le jour à Rabelais et à Descartes, à MM. Alfred de Vigny et Honoré de Balzac ; puis la période crétacée, puis la période de la mollasse, puis la période lacustre ; ensuite la période des faluns ; total, cinq périodes, ayant toutes possédé leur végétation, leur population et leur géologie particulières, et préludant au règne des hommes par celui des monstres et des mollusques. Une fois les hommes installés, M. l'abbé Chevalier abandonne la Touraine à ces nouveaux maîtres ; mais ce n'est pas sans avoir comparé, en quelques lignes empreintes de tristesse chrétienne, la destinée des œuvres du Créateur et de celles de sa créature. Ainsi les bélemnites, par exemple, étaient pourvues, comme les seiches, d'un réservoir d'encre ; cette sépia fossile, antérieure à l'homme, se retrouve encore aux creux de certains rochers de la Touraine ; elle a pu servir à Cuvier et à Buckland pour écrire et dessiner l'histoire de ces races disparues ; ainsi encore, pendant toutes ces phases d'immersion océanique, d'innombrables bancs de coquillages, en accumulant leurs cellules calcaires, produisirent d'énormes masses de récifs, qu'on exploite aujourd'hui comme pierre à bâtir. Une petite goutte d'encre, cachée dans le corps d'un poisson, un atome logeant un autre atome, ont traversé les siècles, et survécu à ces villes fameuses dont il ne reste plus que les noms : Babylone, Memphis, Balbeck, Ninive, Tyr, Palmyre, Ilion ! Quelle leçon d'humilité pour l'homme ! nous dit M. l'abbé Chevalier. Oui : mais aussi quel brevet de grandeur, s'il sait le comprendre ! Ce brin de sépia ultra-séculaire, c'est lui qui s'en sert pour ressusciter, par le dessin et l'analyse, ces races mortes avant lui : ces débris épars des créations antégénésiques, c'est lui qui les interroge et les classe ; cette pierre formée par l'amoncellement d'êtres qui l'ont précédée dans le monde, c'est lui qui l'extrait, la façonne et l'assouplit, pour se bâtir de nouvelles demeures, qui tomberont aussi, mais auxquelles survivront son intelligence et son âme. Toujours cette même antithèse de puissance et de néant, prête à l'humilier, puisqu'il la subit, à le relever, puisqu'il la constate !

Ce grandiose péristyle historique et scientifique nous conduit en pleine Touraine ; la Touraine d'autrefois et la Touraine d'aujourd'hui. M. le comte de Galembert décrit d'abord le bassin des principales rivières de la Loire et de ses heureuses vassales, l'Indre, la Vienne, la Creuse et le Cher. De ces pages descriptives, nous passons à la monographie pittoresque des villes de la Touraine, Tours, Chinon, Loches, Amboise : villes dont la physionomie et les monuments nous racontent des chapitres de notre histoire ; dont les noms raniment mille souvenirs, mille figures héroïques ou gracieuses, sérieuses ou romanesques, depuis la défaite des Normands sous les murs de Tours, en 838, jusqu'au dernier prisonnier d'Amboise, en 1848, à cet émir Abd-el-Kader, représentant suprême du génie arabe vaincu par l'Occident. Tout le développement de la monarchie française, toute l'histoire de notre civilisation se déroule entre ces deux dates. Mais les châteaux tiennent peut-être en Touraine encore plus de place que les villes, et sur ce point comme sur tous, le livre s'est mis d'accord avec la province qu'il décrit. C'est une véritable guirlande de pierres sculptées, ciselées, tréflées, brunies ; les merveilles de l'art gothique et de la renaissance s'épanouissent sur ces bords, où le charme de la vie de campagne s'accroît de la fertilité du sol et de la beauté du climat. Qui n'en connaît au moins quelques-uns, de ces châteaux de la Touraine, auxquels l'imagination en ajoute quelques autres, proches voisins éclos sous le même ciel et se mirant dans les mêmes eaux ! Chenonceaux, Azay, Ussé, Langeais, Vaujour, Candé, la Roche-Racan, la Vallière, Brou, Crissé, Saché, Chaumont, Beauregard !... Et un autre que je sais et que je ne nomme pas, pour résister à des tentations dangereuses ! Vous retrouverez tous ces châteaux dans ce beau livre de *la Touraine*, avec de charmants dessins qui font revivre les principaux. Et les personnages célèbres ! Peu de provinces en furent plus riches : j'y trouve une raison toute simple ; c'est que peu de provinces sont françaises depuis plus longtemps. Placée au cœur de la France, la Touraine en partagea tous les battements, guerriers ou amoureux, joyeux ou terribles. Les rois de France qui vinrent l'habiter l'initièrent aux premiers progrès de l'art, de l'élégance et du luxe, qui marchaient avec la cour ; ils cultivèrent à leur profit ses dispositions naturelles ; elle connut, elle parla, elle forma la langue française, pendant que nous étions encore emmaillottés dans nos idiomes indigènes, et séparés, par conséquent, du grand mouvement qui portait de ce côté-là l'intelligence moderne ; et, comme cette langue est elle-même initiatrice, comme elle possède des facultés de création, de propagande, de liberté et de clarté, il s'en est suivi un admirable accord entre son propre génie et le génie de ceux qui la parlaient. Nous voilà bien près de Rabelais et de Descartes, ces deux expressions si vives, si fortes, si vraies de l'esprit français considéré sous ses deux faces extrêmes, suivant qu'il se fait un grave conquérant d'idées ou qu'il cache ce goût de conquête sous des airs de bouffonnerie. Mais avant d'en arriver là et de descendre jusqu'à notre époque, aux auteurs de *Cinq-Mars* et d'*Eugénie Grandet*, M. l'abbé Bourassé remonte aux premiers apôtres du christianisme en Touraine, à saint Martin, le glorieux patron de la contrée, à l'évêque Léon, du Ve siècle. A une date plus rapprochée, touchant de plus près aux lettres profanes, nous rencontrons Grégoire de Tours. Un nouveau courant de civilisation et de poésie nous conduit parmi les trouvères, et nous saluons un des plus illustres du groupe, Benoît de Saint-Maure. Semblançay nous rappelle la belle épigramme de Marot. Boucicaut tend la main à Jean de Saintré, et le cardinal d'Amboise à son frère Émery. Béroalde de Verville, successeur de Rabelais, précepteur de d'Aubigné, continue cette veine gauloise, qui tourne, hélas ! si aisément au licencieux et à l'obscène. Un siècle plus tard elle reparaît chez Grécourt, autre Tourangeau, et, plus de cent ans après celui-là, nous la retrouvons chez M. de Balzac. Dans l'intervalle, la muse latine inspire Rapin et Commire; Destouches enseigne la sagesse et la pénitence à la gaie comédie de Regnard. Le temps fait encore un pas : la politique entre dans la littérature ; la Touraine produit Paul-Louis Courier, dont les pamphlets préludent aux gloires, aux méfaits et aux châtiments du journalisme. C'est l'histoire d'avant-hier; la poésie d'hier, c'était M. de Vigny ; le roman d'aujourd'hui, on assure que c'est M. de Balzac. Ainsi la Touraine a fourni son contingent le plus riche au début et au déclin des lettres françaises.

Faute de pouvoir citer tous les noms, je n'ai rappelé que ceux qui tiennent de plus près à une causerie littéraire. Ajoutons-y galamment Agnès Sorel, Gabrielle d'Estrées, et Louise de la Vallière, cette faiblesse qui ressemble à une vertu à force d'amour vrai, de repentir, d'expiation et de larmes !

M. l'abbé Bourassé a très-convenablement parlé de tous ces personnages célèbres, et nous devons remarquer, à sa louange, que son patriotisme ne l'a pas rendu trop indulgent envers les Tourangeaux et les Tourangelles qui ont eu à se reprocher quelques peccadilles. Il faut bien l'avouer, si l'on en juge par les œuvres des deux plus fameux enfants de la Touraine, le génie tourangeau n'est pas chaste, et les noms secondaires de Béroalde de Verville et de Grécourt prouveraient presque que cette pointe de licence, grossière ou raffinée suivant les époques, se transmet de proche en proche et se respire avec l'air dans ce bienheureux pays. Serait-ce qu'il est en effet trop heureux, trop beau, trop fertile, qu'on s'y porte trop bien, que toute cette exubérance y enivre les imaginations et les rend trop sensuelles? C'est possible ; mais nous n'avons à nous occuper ici que

d'une œuvre d'art, à la fois patriotique et chrétienne, dirigée par un homme qui a su aimer son pays sans flatter toutes ses célébrités; et ni la sérénité de ses horizons, ni la grâce de ses paysages, ni la majesté de ses monuments, ni la poésie de ses souvenirs, n'ont à souffrir du voisinage des énormités de Pantagruel ou des gravelures de la *Physiologie du mariage*. Ce livre de la *Touraine* restera, non-seulement comme un magnifique produit de l'art typographique en France, mais comme un fragment d'histoire et de description locale, comme un hommage rendu par quelques fidèles enfants d'une de nos plus intéressantes provinces à des beautés et à des gloires qui font partie de leur patrimoine. Aujourd'hui que tout s'efface et se perd, que les saillies et les angles de toutes les physionomies provinciales s'émoussent au contact d'une civilisation uniforme, servie par une centralisation de plus en plus forte et une circulation de plus en plus rapide; aujourd'hui que la Touraine et la Provence, la Gascogne et la Bretagne, la Normandie et la Bourgogne, au lieu de boire dans leur verre, viennent tour à tour se désaltérer au robinet parisien, il n'en est que plus utile de rassembler, sous un même regard, les débris de ce passé qui s'en va et les magnificences de cette nature qui reste; double travail qui n'en fait qu'un, et qui semble dire aux habitants de ces vieux foyers de patriotisme et de talents, de richesses et de vertus : N'oubliez pas, et ne partez pas! Quant à nous, qui avons souvent rêvé pour notre Provence ce que MM. Mame et Bourassé viennent d'exécuter si magnifiquement pour leur chère Touraine, nous saluons leur œuvre comme le soldat obscur salue son camarade décoré. Leur avoir paru digne de lire, d'apprécier et de recommander la *Touraine*, c'est pour nous un honneur et un bonheur.

ARMAND DE PONTMARTIN.

LA PATRIE

N° du 18 juin 1855.

. . . .
Nous allons maintenant passer aux rives de la Loire. Là nous attend une véritable surprise, que partagera sûrement le plus grand nombre de nos lecteurs, en apprenant que la ville de Tours renferme le plus vaste des établissements typographiques particu-

liers que possèdent aujourd'hui Paris, la France, et sans doute l'Europe.

Et en effet, sous la direction aussi active qu'intelligente de M. Mame, douze cents ouvriers, aidés d'un vaste matériel et de vingt presses mécaniques toutes mues par la vapeur, sont à l'œuvre, qui tous les jours de l'année impriment, illustrent, brochent, relient et lancent dans la circulation quinze mille, volumes, on prenant en moyenne un volume in-12 de dix feuilles. QUINZE MILLE volumes, de dix feuilles chacun, par jour, entendez bien... volumes aussi soignés dans leur exécution que recommandables par le côté utile, le point de vue moral, et l'étonnant bon marché auquel chacun d'eux se produit et se livre.

Si Gutenberg pouvait un moment revenir au milieu de nous pour admirer le merveilleux ensemble et l'œuvre incessante de cette ruche laborieuse, combien son orgueil serait légitime et sa joie satisfaite en voyant sa pensée si bien comprise et ses résultats si féconds !

Mais où donc va se placer cette colossale production ? Un peu partout : à la ville, à la campagne, en France, au dehors. On a foi en sa valeur, en son utilité, et c'est là le secret de sa vogue, comme ce sera toujours l'insigne honneur de l'homme habile qui a pu étendre et qui sait si bien diriger cette vaste entreprise, commencée dans sa famille depuis un demi-siècle environ.

Ces livres sont particulièrement destinés à l'instruction élémentaire, aux distributions de prix, à l'amusement de la jeunesse ; et ils nous semblent très-heureusement répondre aux besoins de ces diverses destinations.

La production des livres religieux, la deuxième et grande spécialité de l'imprimerie de Tours, doit aussi appeler notre attention.

Ici nous n'avons qu'à juger son mérite d'exécution, et nous trouvons qu'il ne laisse rien à désirer. L'*Imitation de Jésus-Christ* et le *Livre d'heures*, avec encadrement en couleur, justifient pleinement ces éloges.

Comme couronnement d'une longue et très-honorable carrière, l'habile éditeur de Tours nous présente *la Touraine illustrée*, un volume in-folio, ouvrage publié sous la direction de M. l'abbé Bourassé, président de la Société archéologique de Touraine.

C'est à la fois, de sa part, un acte de patriotisme et un hommage rendu à ce qu'il y a de plus élevé dans l'art typographique. Cette double tâche nous semble heureusement remplie. Texte, caractères, dessins, impression, papier, tout est à louer dans ce riche in-folio, qui vient confirmer ce que nous avons déjà dit de la puissance et du bienfait de la presse mécanique. Nous signalons particulièrement les gravures sur acier représentant la *Défaite des Normands sous les murs de Tours*, gravé par Ruhierre ; le *Château d'Azay-le-Rideau*, par Mme Pannier ; la *Roche Tranche-Lion*, par Doherty ; les gravures sur bois représentant les *Druides excitant à la guerre les Turones ; Jeanne d'Arc au château de Chinon ; Une Séance du Parlement sous Henri III ; les Ruines du château de Montbazon* : les dessins appartiennent à MM. Français et Karl Girardet, artistes très-distingués.

Il n'y a pas, ce nous semble, un fils de la Touraine qui ne doive être fier et heureux de posséder ce souvenir précieux de la patrie, ce tableau vivant de ses cités, de ses monuments historiques, de ses riantes campagnes.

Nous nous hâtons de signaler aux amateurs des beaux livres l'EXEMPLAIRE UNIQUE tiré sur peau de vélin, que M. Mame réserve pour sa bibliothèque. C'est assurément là un des plus brillants et des plus nobles parchemins qu'un père ait jamais eu la pensée et la bonne fortune de léguer à ses enfants.

M. Mame se plaît à signaler à l'attention et aux récompenses du jury quelques-uns de ses plus méritants ouvriers et collaborateurs. Nous l'aiderons volontiers, en ce qui nous regarde, dans l'expression de ce sentiment de justice, qui ne trouve malheureusement pas assez d'imitateurs, et nous citerons, entre autres, MM. Adolphe Duval, conducteur des presses mécaniques, et Henri Chaussemiche, compositeur-typographe.

ÉMILE BÉRÈS.

LE PAYS

N° du 7 août 1855.

Nous avons vu, dans les deux précédents articles, ce que l'État a fait pour la typographie, en y appliquant sa direction et ses capitaux. Nous allons voir maintenant à l'œuvre l'initiative des particuliers. Si l'imprimerie impériale représente avec splendeur la première de ces deux séries, on ne peut refuser à M. A[d] Mame, de Tours, la gloire de représenter la seconde dans toute son expansion.

Personne ne s'étonnera de la situation prédominante que nous faisons ici à M. Mame. Son établissement de Tours est unique en Europe, par son étendue matérielle et par la nouveauté de la donnée sur laquelle il repose. C'est plus qu'une imprimerie et qu'une librairie; c'est une usine où se fabriquent des livres; le livre y entre manuscrit, à l'état de matière première; il en sort imprimé, gravé, relié, édité, pour aller directement aux mains de l'acheteur. Il se divise en quatre sections : 1° la librairie, dont nous ne devons pas nous occuper encore; 2° l'imprimerie, pourvue de vingt presses mécaniques, machines à glacer et couper le papier, toutes mues par la vapeur; 3° la reliure, installée dans un bâtiment spécial qui peut contenir plus de mille ouvriers; 4° gravure sur acier et imprimerie en taille-douce, occupant vingt presses. Douze cents travailleurs trouvent une occupation constante dans cette immense usine, qui produit environ quinze mille volumes par jour, en prenant pour moyenne un volume in-12 de dix feuilles, et qui emmagasine plus de deux millions de volumes reliés ou cartonnés, sans parler des réserves en feuilles.

Cette production peut se diviser en deux branches: les livres de luxe et les livres à bon marché.

Comme ouvrage de luxe, M. Mame expose un admirable volume in-folio intitulé : *La Touraine, histoire et monuments,* qui est sans doute le plus parfait des livres illustrés que la typographie française ait jamais exécutés avec les seules ressources de l'industrie privée. Il comprend six cent six pages de texte, imprimées en types gravés et fondus exprès, et qui se recommandent par un goût pur, élégant et sévère; quatorze estampes gravées sur acier; quatre planches d'armoiries et de vitraux imprimées en couleur; une carte coloriée, et plus de trois cents gravures sur bois, la plupart de grande dimension, représentant des scènes historiques, des portraits, des paysages, des monuments de tout genre.

Deux peintres célèbres, M. Français et M. Karl Girardet, sont les auteurs de ces illustrations merveilleuses qui leur ont demandé le travail assidu de deux saisons. On ne saurait imaginer les soins qu'a coûtés cette partie essentielle du livre de *la Touraine.* Ainsi, la plupart des vues principales ont été d'abord peintes à l'huile, reportées sur bois par les artistes eux-mêmes, puis corrigées d'après la photographie pour tous les détails d'architecture. Ainsi, l'exactitude parfaite remplace ici l'à peu près dont on s'était toujours contenté en pareille matière, et cependant la conception artistique n'est pas sacrifiée. On ne saurait rien imaginer de plus beau que ces compositions où Français et Girardet ont versé à grands flots leur verve, leur savoir et leur vif sentiment de la plus riche nature, telle qu'elle apparaît dans la Touraine, ce jardin de la vieille France.

Pour se procurer un papier digne d'une si splendide mise en œuvre, M. Mame a fait un appel par la voie du concours aux premières papeteries de notre pays; c'est l'usine du Marais et de Sainte-Marie, dirigée par M. Doumerc, qui a remporté le prix; de pareils résultats n'avaient pas encore été atteints pour la pureté, la fermeté et l'éclat de la pâte.

La Touraine n'est pas seulement le plus beau des livres illustrés, c'en est à notre avis le plus sérieux et le plus littéraire. Il est digne, en un mot, de la Société archéologique de Tours et de son célèbre président, M. l'abbé Bourassé, dont c'est l'œuvre collective. Nous y consacrerons un compte-rendu spécial.

Au point de vue technique, les connaisseurs sont particulièrement émerveillés du tirage de *la Touraine,* obtenu à la presse mécanique, et cependant parfait.

La Touraine se termine par la liste détaillée de tous les collaborateurs de M. Mame dans cette grande entreprise, qui fait honneur à la France et à l'exposition tout entière. Ne pouvant les citer tous, nommons ici M. Adolphe Duval, qui a conduit la presse inventée par M. Dutartre, et M. Henri Chaussemiche, compositeur distingué, qui a exécuté la mise en pages, souvent fort délicate, de toutes les éditions de luxe fabriquées par la maison Mame.

Nous n'avons jusqu'à présent tempéré nos éloges par aucune objection. En voici une pourtant, car la critique ne perd jamais ses droits. Les quatorze estampes tirées à part, sur acier, qui accompagnent le livre de *la Touraine* sont très-remarquables, et soutiendraient la comparaison avec les plus belles gravures anglaises; on en ferait un splendide album. Mais l'acier, à raison même de sa douceur et de l'extrême finesse de ses demi-teintes, ne souffre pas le voisinage de la gravure sur bois, dont les effets vigoureux l'écrasent. Nous regrettons que M. Mame, dans son désir de trop bien faire et de donner en un seul volume la mesure des forces créatrices de sa maison, ne s'en soit pas tenu à un seul mode d'illustration, qui eût donné à *la Touraine* un caractère d'homogénéité parfaite et de rigoureuse unité.

La Touraine, tirée à mille exemplaires, a coûté cent cinquante mille francs. L'exemplaire ne se vend que cent francs dans le commerce; ce sera donc, après l'épuisement de l'édition, un sacrifice de cinquante mille francs au moins qu'aura fait M. Mame pour honorer la belle industrie qui lui a valu la médaille d'or à l'exposition française de 1849, la médaille de prix à l'exposition universelle de 1851, et la croix de la Légion d'honneur.

Quant à l'exemplaire sur peau de vélin, texte, bois et acier, il est unique et n'a pas de prix. Il a fallu deux ans pour réunir les peaux nécessaires; il y en a là pour mille francs.

Passons de l'éléphant au ciron. A côté du volume de cent francs, M. Mame expose un petit paroissien in-32 de trois cent vingt pages, sur papier carré, lequel, orné d'une gravure et relié, non pas en papier, en toile ou en carton, mais en basane gaufrée à froid, coûte *trente-cinq centimes*. Le prix de fabrication se décompose ainsi : reliure, dix-huit centimes; composition, gravure, papier et impression, dix-sept centimes; encore faut-il déduire de ces prix une remise de cinq centimes aux libraires-commissionnaires.

Et si je vous disais que ce volume relié, qui coûte sept sous, est joli, blanc, coquet, bien imprimé, et qu'il s'en vend des centaines de mille, que penseriez-vous des marchands qui vendent au public, pour sept francs cinquante centimes, un volume de papier à chandelles, qui ne contient pas la valeur de cent cinquante pages d'impression?

Les heureuses combinaisons appliquées par M. Mame à la propagation à très-bas prix de livres de piété et d'éducation, nous paraissent destinées à devenir un jour la base d'une grande révolution dans le commerce de la librairie, et constituent pour cet exposant un titre des plus sérieux à l'estime du public.

Auguste VITU.

L'UNIVERS

Feuilletons des 26 juin et 7 juillet 1855.

La province nous offre un établissement hors ligne. La ville de Tours, sur les rives de la Loire, renferme le plus vaste des établissements particuliers que possèdent aujourd'hui Paris, la France et peut-être même l'Europe. M. Mame occupe douze cents ouvriers; il a plus de vingt presses mécaniques mues par la vapeur, et lance par jour, dans la circulation, plus de quinze mille volumes.

Magnifique couronne que celle qui entoure la réputation des presses de M. Mame; elles ne produisent que des ouvrages recommandables par leur utilité, leur moralité et surtout leur bon marché; ils sont destinés à l'instruction élémentaire, aux distributions de prix, à l'amusement de la jeunesse. M. Mame s'est appliqué à la production des livres religieux et à atteindre la limite du bon marché. Avec un désintéressement qui l'honore, il désire faire connaître ses principaux collaborateurs. Nous l'aiderons volontiers. Puisse son exemple faire rougir ceux qui oublient de nommer les auteurs de leur réputation et de leur richesse. Les hommes que M. Mame aime à recommander sont M. Adolphe Duval, conducteur de presses mécaniques, et M. Henri Chaussemiche, compositeur-typographe.

...... Là encore, nous retrouvons le nom de M. Mame, qui le premier, pour ainsi dire, a fait naître des spécialités, adopté des machines et des instruments nouveaux, et créé le plus grand établissement de reliure qui existe en France. C'était une œuvre neuve et hardie; le succès a couronné ses efforts.

Les feuilles, en sortant de l'atelier de l'imprimeur, sont pliées, réunies par le brocheur. Les diverses feuilles, assemblées et cousues, sont passées au lamineur. Puis, le volume assemblé, on prépare les onglets ou gardes, on redresse, on rogne, on fixe les cartons, on applique les papiers, étoffes ou peaux, qui composent l'ornementation extérieure, enfin on dore les tranches. Nos lecteurs ne soupçonnent pas que le moindre volume a passé par plus de quatre-vingts ouvriers avant d'arriver aux mains de nos enfants. M. Mame a créé cette nouvelle industrie, toujours en vue de résoudre le problème de réduire le prix de ses livres à sa plus faible valeur.

Quelles que soient l'importance et la rapidité de cette confection colossale, l'atelier de M. Mame a mis au jour des reliures du plus grand luxe, en tout genre et de tout format, qui entrent en ligne avec les plus beaux produits de l'exposition parisienne.

L'ILLUSTRATION

N° du 28 juillet 1855.

Un homme d'esprit me disait : « Ne voyez jamais l'Irlande, c'est une nature désolante, le ciel y est

sombre et bas; là, en plein air, on est toujours à l'entre-sol.

« Les habitants sont maigres, hâves, et si inutiles, si mauvais même pour la terre, que j'ai vu un lord remplacer avantageusement une partie de ses vassaux émigrés par un pareil nombre de cochons de lait. »

Tout cela est vrai. Il faut avoir vu l'Irlande pour bien comprendre, admirer et aimer la Touraine, le pays au ciel pur, le pays des arbres verts, des fruits mûrs et des joues fraîches, le plus beau pays du monde, avouons-le, quoiqu'il soit en France.

En général nous dédaignons trop notre patrie, qui vaut bien toutefois les plus poétiques et les plus chantées, du moment qu'on aura consenti à lui pardonner son unique défaut, défaut grave, d'être trop près de nous.

M. de Lamartine avait fait tous les voyages classiques; il avait été chercher des inspirations et des souvenirs plus loin que Chateaubriand, plus courageusement que lord Byron; il avait eu des enthousiasmes et des strophes pour toutes les parties du monde, et il n'avait pas vu la Normandie; c'est Alphonse Karr un jour qui la lui révéla, lui en fit les honneurs, et ce dernier voyage eut pour le grand poëte, qui se croyait blasé sur les merveilles de la nature, tout l'intérêt d'une admirable découverte.

Il est temps de rendre justice à notre pays : assez d'admirations convenues pour une foule de contrées enchantées que les chemins de fer commencent à démasquer; assez de ces sites d'opéra-comique qui, vus de près, ne valent pas Nanterre.

Une œuvre vraiment nationale, une œuvre d'une portée sérieuse et digne de tous les encouragements consisterait à entreprendre pour les plus pittoresques de nos provinces le travail consciencieux et brillant que M. Mame vient d'accomplir avec un rare bonheur pour la Touraine.

Deux essais ont déjà été tentés en ce genre; mais M. Mame ouvre réellement une voie nouvelle par un chef-d'œuvre. Il vient de publier, à Tours, un magnifique volume in-folio qui résume tous les progrès, toutes les ressources de la typographie, de la lithographie, de la gravure sur bois, de la gravure sur acier; en un mot, qui est la dernière, la plus parfaite expression de l'art du livre en 1855.

La Touraine, histoire et monuments, représente dignement la librairie française à l'exposition universelle. Je ne crois pas qu'il soit possible de faire plus beau et plus complet au point de vue matériel.

M. Mame a appelé à son aide tous les procédés nouveaux, toutes les richesses spéciales de l'industrie contemporaine; ses ouvriers sont peut-être les meilleurs du métier; enfin il a associé à son œuvre trois artistes éminents.

Il n'a épargné ni soins, ni argent, ni patience. Pendant plus de deux ans, Karl Girardet, Français et Catenacci ont parcouru la Touraine, relevant à chaque pas un site pittoresque, un monument celtique, un château de la renaissance, cherchant partout la trace des légendes, la chronique de l'art, les souvenirs de l'histoire.

A chaque trouvaille on faisait un tableau ou un dessin, et à la fin du voyage M. Mame possédait un admirable musée, d'après lequel ont été exécutées quatorze magnifiques gravures sur acier et plus de deux cents *bois*, qui nous font défiler, tous vivants devant les yeux, dix-huit siècles de la Touraine.

Ainsi ce livre est non-seulement un chef-d'œuvre de typographie, mais il représente vingt mois de la vie de deux éminents artistes, Girardet et Français, qui ici même, dans *l'Illustration*, ont donné plus d'une preuve de leur rare talent. Presque complétement absorbés dans ces derniers temps par le travail énorme de *la Touraine*, ils n'ont pu donner à leur exposition de peinture, au Palais des beaux-arts, toute l'extension, toute l'importance que comportent leur talent et leur nom. Et pourtant, qu'on le sache bien, l'année est néanmoins bonne pour eux, et leur exposition est brillante, car elle est complétée par le beau livre de *la Touraine*.

Nous publions quelques-uns de ces *bois*, non pas précisément les plus beaux et les plus remarqués, mais quelques-uns de ceux qui peuvent entrer dans les proportions de notre recueil : nous ne prétendons du reste donner qu'une idée éloignée de ces petites œuvres. Notre tirage rapide ne nous permet pas même de songer à atteindre la rare perfection du livre qui nous occupe.

Nous voudrions pouvoir citer au moins tout ce que nous y avons remarqué et admiré : toutes ces scènes historiques sont composées comme des tableaux d'histoire, et c'est là qu'il faut voir une sorte de tour de force; car Girardet et Français sont surtout des paysagistes. Citerons-nous *la Défaite des Normands sous les murs de Tours, en 838; le Druide excitant à la guerre le chef des Turones; la Prédication de saint Gatien; le Corps de saint Martin ramené sur la Loire; Roccolène entrant à cheval dans l'église Saint-Martin; saint Grégoire de Tours au synode de Braisne; Chilpéric devant le cadavre de son fils; la Bataille de Tours; Urbain II prêchant la croisade à Marmoutier; le Tournoi; Jeanne d'Arc au château de Chinon*, dont nous donnons un spécimen, et tant d'autres grandes compositions vues par le gros bout de la lorgnette, et qui conservent dans leur petit format toutes les

qualités imposantes, en quelque sorte même les proportions de la peinture d'histoire : mérite rare de
nos jours, où trop souvent la grandeur en ce genre
n'est qu'une question de dimensions, et où tant de
toiles qui ont des prétentions épiques ne sont en
réalité que de petits tableaux agrandis?

Nous ne devons pas oublier non plus quatre fort
belles pages de chromolithographie merveilleuse-
ment exécutées, et tirées avec un rare succès : un
frontispice, des vitraux et des armoiries, qui défient
le souvenir des plus beaux missels.

Maintenant nous l'avouons, ce qui nous a le plus
frappé, ce qui nous a le plus intéressé, c'est la reproduction brillante et fidèle de toutes les vues du
pays, des monuments de toutes les dates, en un mot,
les mille facettes de la Touraine de tous les temps.

Ces merveilles sont mises en lumière, en quelque
façon *montées* dans un texte intéressant, rédigé
sous la direction de M. l'abbé Bourassé, l'un des
plus savants archéologues, l'un des plus aimables
érudits de la Touraine.

Nous avons lu, entre autres, avec un vif intérêt
un article curieux de M. le comte de Galembert sur
l'architecture de la renaissance, qui dénote des connaissances profondes et une rare sagacité d'antiquaire.

Nous avons remarqué encore bien d'autres pages;
mais nous ne pouvons parler de tout ce qui nous
a saisi et charmé dans cette publication. Disons seulement que nous avons ressenti un plaisir infini à
retrouver et à suivre pas à pas tous les souvenirs
que la Touraine nous a laissés.

Nous avons revu Azay-le-Rideau, un beau château de la renaissance, non pas précisément demeure, mais plus d'une fois hôtellerie royale, aujourd'hui la propriété de la famille de Biencourt.

Le marquis, mort l'an dernier, s'était dévoué à
la restauration de cette merveilleuse architecture.
Son fils, homme de goût et de grandes façons, se
propose d'achever son œuvre et d'y consacrer au
moins un demi-million pour rendre au vieux manoir toute son antique splendeur.

Nous avons revu Chenonceaux, d'origine plus
noble encore qu'Azay-le-Rideau, d'une apparence
plus gracieuse, plus séduisante, plus pittoresque
peut-être : « Charmant castel, fleuronné, blasonné,
« flanqué de jolies tourelles, ajusté d'arabesques, orné
« de cariatides, et tout contourné de balconnades,
« avec enjolivements dorés jusqu'en haut du faîte. »
Le livre en donne deux vues extérieures magnifiques.

C'est, du reste, pour le moment, la meilleure
façon de regarder Chenonceaux, dont la structure,
au dehors parfaitement réparée, est plus attrayante
que jamais; mais à l'intérieur, autant qu'il m'en
souvient, il n'en est pas tout à fait de même. Les
curiosités du dedans, fort remarquables sans doute,
sont un peu ravitaillées par places. Tout n'est pas
authentique, les anachronismes ne sont pas précisément rares, et le goût le plus pur n'a pas toujours
présidé à la disposition de ce musée, qui devrait
être merveilleux.

En pendant à de vraies armures, qui ont dû être
tailladées par les infidèles en Palestine, on trouve
des armures en carton-pierre. Il s'est glissé de la
porcelaine de Chine moderne dans l'armoire de la
reine Isabeau.

Au-dessus d'une petite porte de chêne sculpté,
on lit cette inscription toute fraîche en lettres gothiques : *Librayrie de la royne Loyse.* On ouvre, et
on se trouve dans un charmant petit réduit : c'est,
en effet, la bibliothèque de Louise de Vaudemont.
La bibliothèque de la veuve de Henri III est parfaitement garnie : on y trouve Chateaubriant et
Auguste Ricard. J'aimerais mieux du bois peint.

Dans la grande galerie qui traverse le Cher, à côté
de précieux tableaux, à côté d'antiquités vénérables,
on remarque avec peine des oiseaux médiocrement
empaillés.

Mais le livre ne dit pas tout cela, et il a raison,
car rien n'est désespéré; et il y a à Chenonceaux
tant de belles choses, qu'à vrai dire une heure de
goût sévère suffirait pour tout réparer. — Nous
avons revu tous ces menhirs, le menhir des érables
entre autres, curieux obélisques celtiques, pierres
sépulcrales selon les uns, idoles selon les autres,
mais auxquels se rattache toujours quelque légende
étrange et saisissante.

Nous avons revu le château d'Amboise avec sa
grosse tour, labyrinthe énorme par où Charles VIII
montait au cinquième étage en carrosse à six che-
vaux; Amboise, avec son funèbre balcon de fer où
dix-sept conjurés furent pendus sous les yeux de
François II et de Marie Stuart.

Et nous nous sommes rappelé aussi ces tristes
appartements longtemps habités par Abd-el-Kader;
les chambres de ses femmes, salies comme par une
ménagerie; et encore un triste recoin du jardin de
la forteresse que pas un visiteur ne peut regarder
sans émotion.

Je veux parler du petit cimetière où, presque
chaque mois, un des pauvres captifs allait disparaître sans recevoir d'autre honneur funèbre, sans

laisser d'autre trace qu'un humble tertre bientôt recouvert de gazon. Nous avons compté jusqu'à dix-sept tertres. Il y en avait un plus élevé, plus large que les autres : c'était une mère arabe réunie à ses deux petits enfants.

Nous avons étudié de nouveau, dans le livre de *la Touraine*, et avec un savant guide, l'église métropolitaine de Tours, dont M. l'abbé Manceau a fait habilement ressortir les merveilleuses et irrégulières beautés. — Nous avons reparcouru ces grasses campagnes découpées par les caprices du fleuve le plus pittoresque, ces plaines illustres ou seulement célèbres, puis ces crus précieux que l'on doit, de ci et de là par toute la Touraine, aux soins intelligents des bénédictins; entre autres Rochecorbon et surtout Vouvray, le plus estimé, qui appartient maintenant à Mme B..., la noble veuve d'un des plus grands noms de l'industrie.

Nous sommes retourné même à la colonie de Mettray, un des témoignages les plus intéressants de la philanthropie contemporaine. Nous avons revu ce charmant hameau, avec ses douze chalets, sa petite église, son vaisseau planté en terre, ses petites bêches, ses petites brouettes, ses petites hottes et ses petits laboureurs; enfin toute cette miniature agricole qui épargne bien des coquins à la France.

Je les vois encore, ces cinq cents petits colons, tous laids et bien portants, disciplinés comme des soldats, presque heureux comme en famille.

On nous disait là-bas que la plupart d'entre ces enfants, pris exclusivement soit sur les bancs de la police correctionnelle ou de la cour d'assises, soit dans des familles criminelles, restent dans la bonne voie; mais c'est tout. Jusqu'ici aucun ne s'est réellement distingué, aucun ne s'est révélé; il n'y a eu parmi eux ni un Jacquart, ni un Brunel, ni quoi que ce soit dont on parle : ce sont tout simplement de petits conscrits de l'honnêteté, non pas incapables, mais ignorants du bien; non pas rétifs, mais ayant parfois, sous ce rapport, la tête un peu dure.

Souvent tous les soins aboutissent à leur faire pratiquer la vertu en douze temps, et, pour peu qu'on les surveille plus tard, le pli reste.

On en fait en général d'assez bons matelots, d'assez bons soldats, des caporaux, même quelquefois un peu mieux; on les place utilement dans les fermes. En somme, la philanthropie ne saurait faire plus; ils sont heureux, bien traités, et on assure leur avenir.

Leur sort certainement fait envie à plus d'un pauvre paysan, qui voudrait pouvoir toujours donner à ses enfants la célèbre soupe aux choux de Mettray. Il a peine à s'expliquer cette injustice apparente; il trouve que la société fait acte d'égoïsme en se montrant si soigneuse à l'égard de ceux qui pourraient plus tard lui nuire, et relativement si indifférente à l'égard de ceux qui sont par eux-mêmes plus réellement dignes d'intérêt.

J'ai entendu un brave campagnard, séduit par l'idée de cette protection efficace qui ne cesse de suivre les petits colons dans la vie, jaloux, du reste, du bien-être qui leur est assuré pendant toute leur enfance, solliciter d'un notable de Touraine l'admission de son fils à Mettray.

A tous les éloges que le bonhomme commença à faire de son enfant, le protecteur fronçait le sourcil.

« Il est bon, il est dévoué, il a sauvé un enfant dans un incendie, il est honnête...

— Il n'a donc pas été en correctionnelle?

— Lui! Ciel mon Dieu! par exemple!

— Il n'a jamais volé?

— Oh! pouvez-vous...!

— Si seulement il avait essayé de tuer un homme! »

Le pauvre père y voyait bleu.

« Si au moins tu avais empoisonné ta femme.

— Comment?

— Ce serait un fils de galérien, il y aurait quelque espoir. Mais il n'y a rien à faire pour vous : que veux-tu? vous êtes de si braves gens! »

Mais nous nous éloignons un peu du livre qui nous a donné l'occasion de refaire notre voyage de Touraine; nous n'avons plus, du reste, qu'un mot à en dire : *monumentum œre perennius;* c'est un véritable monument, et qui restera, — pour la plus grande gloire de M. Mame.

ARMAND DE BARENTON.

THE ILLUSTRATED LONDON NEWS

November 10, 1855.

The Exhibition jury appear to have examined the samples of cheap printing sent from the great esta-blishment of Mame and Co., of Tours, with great attention. On this subject Mr. Charles Knight (one of the jurymen) has communicated his opinions to the Royal Commissioners; and these gentlemen have included the show in their list of remarkable objects. Mr. Knight gives some interesting details : —

" The specimens of Mame and Co., of Tours, and the details of their establishment which they have addressed to the members of the jury, suggest some important considerations with regard to the attainment of an extreme point of cheapness in the manufacture of books. I use the word ' manufacture ' advisedly; for we have no example in Great Britain of a large factory in which, with the exception of the paper, all the processes connected with printing and binding, including the arts of the designer and engraver, are carried through, for the production of about eight hundred different volumes, varying from the small Prayer-Book, bound, for 35 centimes, to the folio Local History, splendidly illustrated, for 100 francs.

" In the London Exhibition of 1851 Mame and Co. received a prize medal ' for the extreme cheapness and great variety of books printed, bound, and published by them. ' An examination of their catalogue not only shows the ' great variety ' of their publications, but points out, in the very nature of their works, that the ' extreme cheapness ' is attained by the continued production of large impressions, for a constant and universal demand. The nearest parallel case in England is that of the production of Bibles, Testaments, and Prayer-Books, by the Universities, and the King's printer. But cheap as these privileged English books now are, they can scarcely compare with the ' Liturgies ' and ' Offices ' produced by Messrs. Mame, especially those which are luxuriously bound. The ' Missale Romanum, ' in folio, beautifully printed, is sold, unbound, for 41 francs; the most exquisite binding, in morocco, fully gilt, adds only 20 francs to the price. The ' Paroissien

Romain, ' 32mo, a very nicely printed volume of 636 pages, solidly bound in black sheep, marbled edges, costs 80 centimes (8d.); the same in calf, gilt edges, 1 franc 20 cents (1s.); and in morocco, 1 franc 70 cents (1s. 5d.). The demand for ' Livres d'Offices ' and ' Livres de Piété ' is, of course, constant and universal; and of these Messrs. Mame have fifty-one different works and editions. The greater portion of the books belong to history and geography, others are standard works of fiction. In the ' Bibliothèque de la Jeunesse chrétienne ' we may take as a specimen a translation of ' Robinson Crusoe , ' in 12mo, with twenty-four admirable woodcuts, each the size of the page, two volumes at seventy-five cents each. We have nothing so beautifully printed at such a price. We must notice, however, that the figures we have given represent the wholesale cost.

" Without knowing the rate of wages at Tours, we must be satisfied to conclude that a great deal of this extreme cheapness is produced by the use of the most improved mechanical processes, and by the most perfect division of labour. It appears that twenty cylindrical printing-machines are employed, producing 15,000 volumes a day, of ten sheets, or 150,000 sheets. This is about the English rate of 1000 an hour. A volume bound in morocco is stated to pass through eighty hands. The number of workpeople employed in this factory amounts to twelve hundred; and we may assume that a large proportion are women and children; for it is stated that ' the workshops, surrounded with gardens, are kept in winter at an equal temperature, combine all the elements of salubrity, and offer to the numerous children who therein work. without fatigue, a more healthful shelter than the maternal home. ' "

REVUE DES DEUX MONDES

N° du 1er juillet 1855.

De même que l'imprimerie impériale, la maison Mame a voulu se présenter au Palais de l'industrie avec un chef-d'œuvre spécial qui résumât tous les perfectionnements de la typographie actuelle, et elle a édité son livre de la Touraine, comprenant l'histoire et les monuments de cette province importante de la France. Publié en un volume in-folio, sous la direction de M. l'abbé J.-J. Bourassé, correspondant

du comité de l'histoire, de la langue et des arts de la France, président de la Société archéologique de Tours, cet ouvrage, consciencieusement élaboré par tous les membres de cette société savante, contient une carte, des planches en couleur, des armoiries, des gravures sur acier et sur bois, exécutées d'après les dessins de MM. Karl Girardet et Français. On ne saurait trop louer toutes les parties de l'exécution de ce livre, qui a été l'objet des plus scrupuleuses recherches, du soin le plus minutieux : texte, dessins d'ornementation, armes, cartes, plans, vues, caractères fondus exprès, papier fabriqué spécialement, tirages purs et harmonieux, quoique obtenus par les presses mécaniques, tout a ce cachet de bon goût, de haut sentiment de l'art, qu'on aimerait à trouver dans tous les livres, et qui est, hélas! devenu si rare aujourd'hui. Le succès ne peut manquer à un tel travail, et le volume de *la Touraine* est destiné à occuper une place d'honneur dans les bibliothèques consacrées aux livres d'élite.

N° du 1er août 1855.

Dans la partie nord-est du Palais de l'industrie, à peu de distance du transsept, en regard même de l'estrade élevée par l'imprimerie impériale, se trouve la vitrine dans laquelle la maison Mame et Cie, de Tours, a exposé quelques spécimens des produits de sa triple industrie, des feuilles imprimées et des caractères, — des livres, — des reliures. De ces trois industries pour ainsi dire de la même famille, de ces trois industries qui, malgré le lien de connexité qui les unit, s'exercent généralement dans des établissements et sous des directions séparées, MM. Mame et Cie n'en ont fait qu'une, à laquelle ils ont consacré la vaste usine qu'ils possèdent à Tours.

L'idée qui les a inspirés dans cette organisation est évidemment une idée d'économie industrielle pratique, idée vraie, juste et féconde, puisque c'est à elle que la maison Mame doit d'avoir pu exposer cette année son volume de *la Touraine*, qui est un des chefs-d'œuvre les plus admirables que contienne le Palais de l'industrie, et d'être à même, tout en créant de pareils modèles de typographie et de gravure de luxe, de mettre au service de l'éducation et de la jeunesse les collections d'ouvrages les plus variées, les mieux appropriées à leur destination, tant par la moralité de leur texte que par la netteté de leur impression et par la modicité de leur prix.

Ce volume de *la Touraine* a été l'objet de soins de toute sorte. Sous le rapport de la typographie et des gravures, il mérite d'être cité à côté de l'*Imitation de Jésus-Christ*, exposée par l'imprimerie impériale; au point de vue de l'art de l'imprimerie, il a sur l'œuvre sortie des presses du gouvernement cette supériorité qu'il a été fabriqué dans des conditions plus commerciales, tiré à la mécanique et à un nombre assez considérable; tandis que le livre auquel nous le comparons a été établi dans des conditions tellement

exceptionnelles, que si l'on voulait en faire l'objet d'un commerce, chaque exemplaire devrait être vendu environ deux mille francs. Or *la Touraine* de MM. Mame et Cie se vend au prix de cent francs.

Le texte de ce volume magnifique a été écrit sous la direction de M. l'abbé J.-J. Bourassé, correspondant du comité de l'histoire, de la langue et des arts de la France, président de la Société archéologique de la Touraine, qui a tenu à honneur de fixer dans des pages éloquentes et précises les fastes historiques, littéraires et artistiques de cette province importante, si riche en souvenirs et en monuments. Rien n'a été négligé pour donner à l'exécution matérielle tout l'éclat que comportent les arts appelés à y concourir. Quatorze estampes gravées sur acier, quatre planches imprimées en couleur, plus de trois cents vignettes sur bois de toutes dimensions, représentant des scènes historiques, des monuments, des paysages, des portraits, le tout gravé d'après MM. Karl Girardet et Français, en constituent l'illustration; une carte coloriée comportant la province de Touraine et le département d'Indre-et-Loire permet d'embrasser d'un seul coup d'œil les modifications topographiques qu'a subies ce beau pays depuis la nouvelle division géographique et administrative de la France. Les ornements ont été dessinés par M. Catenacci, un artiste qui a fait preuve d'une étude approfondie de la renaissance et d'un grand talent d'ajustement. Le tirage du texte et des gravures fait honneur à M. Adolphe Duval, un de ces artisans artistes qui savent élever leur profession. Enfin le papier, fabriqué tout exprès, est d'une pureté, d'une fermeté de pâte, qui prouve péremptoirement que quand la librairie française voudra employer de beaux papiers pour l'impression des ouvrages de luxe, il lui suffira d'en avoir la volonté.

Ce beau livre est un spécimen du degré de perfection et d'éclat auquel peut atteindre un établissement typographique bien organisé; mais ce n'est pas par ce travail seulement qu'il faut juger la maison Mame et Cie. Elle a exposé aussi des volumes choisis dans les nombreuses collections de livres qu'elle a consacrées à l'instruction, à l'éducation et à l'amusement de la jeunesse et de l'enfance. Ici, c'est la *Bibliothèque illustrée de la jeunesse*, format grand in-8°, dans laquelle on remarque un livre sur Rome, de Mme la comtesse de la Rochère, un *Voyage en France*, par Mme Amable Tastu, ouvrages ornés de cartes et de gravures; une autre collection in-8°, connue sous le titre de *Bibliothèque de la jeunesse chrétienne* : nous y avons distingué, entre autres, un *Don Quichotte* en deux volumes, illustré par Grandville, des œuvres choisies de Silvio Pellico et de nombreux ouvrages historiques; plus loin, la *Bibliothèque illustrée des petits enfants* en deux séries, l'une petit in-8°, l'autre petit in-12; trois autres séries de la *Bibliothèque de la jeunesse chrétienne*, formats in-12 et in-18, composées de livres spécialement écrits pour la moralisation de l'enfance; d'un autre côté, trois séries in-8° et in-12 de la *Bibliothèque des Écoles chrétiennes*, les *Bibliothèques catholiques des familles*, la *Bibliothèque pieuse des maisons d'éducation*; puis enfin de très-nombreuses variétés de livres de la liturgie romaine, de livres d'offices et de piété, tous ornés de gravures.

Il serait superflu de parler du soin qui préside au choix des livres qui composent ces différentes collections, de la scrupuleuse surveillance qu'exercent sur leur rédaction des hommes spéciaux dont l'expérience en matière d'éducation morale et religieuse est une irrécusable garantie : on sait que la maison Mame a su mériter et conserver depuis longues années la confiance de tous les établissements consacrés à l'instruction de la jeunesse, à qui elle fournit les livres d'étrennes et les livres de prix; mais on ne saurait trop louer les progrès de la fabrication de ces ouvrages, tous imprimés avec une netteté et une correction irréprochables, et néanmoins livrés à la consommation à des prix d'une modicité incroyable. Or le bon marché en fait de livres d'éducation est un progrès d'une incontestable importance, surtout quand il se concilie avec l'excellence de l'exécution, puisque, grâce à lui, l'instruction devient accessible à toutes les classes de la société. Nous ne pouvons nous empêcher de citer quelques exemples de ce bon marché : une jolie édition illustrée des *Fables de la Fontaine*, ornée de 105 vignettes et d'un frontispice, coûte : brochée, 45 centimes; reliée en percaline, 1 franc 20 centimes. Un alphabet in-12, orné de 80 vignettes, coûte, cartonné, 35 centimes. Des volumes in-8° sont cotés 2 francs 15 et 1 franc 75; une collection tout entière, composée de 112 volumes in-18, ornés d'une gravure sur acier, porte la marque de 20 centimes chaque volume broché; cartonnés, ces volumes s'élèvent au prix de 35 centimes.

Nous ne citerons pas les prix des autres collections de la maison Mame, ni les tarifs de ses reliures; il nous suffira de dire qu'ils sont généralement proportionnés à ceux que nous venons d'énoncer. Ces progrès économiques, que nous nous sommes borné à signaler, ne peuvent manquer d'intéresser vivement la commission du jury de l'exposition universelle, qui ne se contentera probablement pas du fait écono-mique, et sera curieuse aussi d'étudier les moyens par lesquels il s'est produit. Pour se rendre compte de ce phénomène, c'est dans l'établissement de MM. Mame et Cie, à Tours, qu'il faut aller l'étudier, qu'il faut aller voir les matières premières entrer sous la forme de manuscrits, de rames de papier, de caractères, de cartons et de peaux, se transformer par le travail, et passer à l'état de volumes brochés et reliés.

La maison Mame, fondée depuis une cinquantaine d'années, s'est accrue progressivement et continuellement, et a fini par former une usine à peu près unique en Europe, en raison tant de l'importance de sa production que de la variété des travaux qu'elle exécute. Une seule fois, en 1848, elle a subi un temps d'arrêt; mais, grâce à l'intelligente et ingénieuse libéralité de ses administrateurs, elle a su acquérir de nouveaux titres au dévouement des artisans et des artistes qu'elle emploie. Après avoir dépensé une partie de ses capitaux dans la production de livres inutiles qui s'entassaient invendus dans ses magasins, M. Mame reconnut et constata que ses fonds s'épuiseraient très-rapidement s'il s'obstinait à les consacrer à une fabrication qui occasionnerait des frais matériels considérables; il réfléchit qu'en économisant les achats de papier, de charbon, de caractères, de cartons, de cuirs et de peaux, il pourrait réserver le reste de ses fonds à ses ouvriers, et subvenir à leurs besoins assez longtemps peut-être pour permettre d'attendre la reprise des affaires et la résurrection commerciale qui ne pouvait manquer de se produire. Il se borna donc à exécuter seulement les travaux dont l'écoulement était assuré, et il plaça le capital dont il pouvait encore disposer de façon à en prélever chaque semaine la somme indispensable à la vie de tous ses ouvriers et de leurs familles. Ce qu'il avait prévu arriva; les trente mille francs ainsi employés n'étaient pas entièrement épuisés, que déjà les demandes de livres se multipliaient, et qu'il se trouvait à même de reprendre un à un tous les ouvriers restés momentanément dans une inaction forcée.

Aujourd'hui la maison Mame et Cie occupe douze cents ouvriers et ouvrières, met en mouvement plus de vingt mécaniques à vapeur servant à imprimer, à glacer, à couper et monter le papier; emploie vingt presses de taille-douce pour les gravures, et produit par jour une moyenne de 150,000 feuilles, soit 15,000 volumes in-12.

Au milieu de tous les accroissements et développements successifs qui l'ont amenée à cette puissance de production, la maison Mame ne s'est présentée que deux fois dans les expositions industrielles : en 1849, elle a obtenu la médaille d'or; en 1851, à l'exposition universelle de Londres, elle a été classée parmi les imprimeries du premier ordre et a reçu du jury la *médaille de prix.*

J. RAYMOND.

L'INDÉPENDANCE BELGE

Feuilleton du 29 juillet 1855.

Une bonne fortune nous arrive, un véritable *livre-monument* à signaler. C'est un in-folio de six cents pages, intitulé *la Touraine,* publié par une maison qui est peut-être aujourd'hui la première de France pour l'imprimerie, la librairie et la reliure réunies, la maison A⁴ Mame et Cⁱᵉ, de Tours. Ce livre est une merveille de typographie, de dessin, d'ornement, de gravure, et l'un des incontestables chefs-d'œuvre de l'exposition. Le volume en lui-même, en tant que rédaction, est le travail de la Société archéologique de Touraine, une des plus savantes et des plus laborieuses parmi celles qui se sont donné pour tâche l'histoire et la conservation des monuments de la France. Les antiquaires, les érudits, les lettrés, les artistes qui la forment, ont donc fourni, sous la direction du chanoine Bourassé, son président, le re-marquable manuscrit que M. Mame s'est chargé d'habiller de la plus splendide forme typographique. Le papier a été mis au concours dans toute la France, les caractères ont été gravés expressément pour l'œuvre; chaque lettre étudiée avec soin, et les poinçons confisqués rendent l'impression inimitable. Deux habiles peintres, MM. Karl Girardet et Français, ont peint les tableaux rectifiés par la photographie et gravés par les plus célèbres artistes; les ornemanistes les plus fameux ont fourni les têtes de page, les lettres ornées, les culs-de-lampe, les vignettes sans nombre qu'ont gravées les burins les plus souples; des frontispices, verrières, armoiries, imprimés en couleur, rehaussés de métaux, sont venus aviver le blanc et le noir du texte et des planches, et constituer un livre unique, fond et forme, une de ces œuvres à placer au plus beau rayon des plus belles bibliothèques.

LETTRE DE S. ÉM. Mᵍʳ LE CARDINAL DONNET
ARCHEVÊQUE DE BORDEAUX
A M. MAME

Paris, 12 mars 1857.

Monsieur,

Je suis fier d'avoir été un des premiers à lire votre magnifique ouvrage. Ce n'est pas sans une émotion profonde que je me suis retrouvé, grâce à lui, transporté dans toutes les parties de cette belle Touraine où j'ai passé les cinq années les mieux employées de ma vie. Comme ce temps est cher à mon cœur, et combien il est encore vivant dans mes souvenirs!

Je proclamerai d'abord, avec l'un de nos plus judicieux critiques, que *la Touraine* n'est pas un livre, c'est un monument. Avant la grande ère industrielle où nous vivons, une pareille entreprise n'aurait été menée à bonne fin qu'avec l'aide et sous les auspices de l'État. Vous avez fait seul un de ces ouvrages qui demandent des frais immenses, des années de préparation, un soin d'artiste dans tous les détails, un choix minutieux des matières, et qui soutiennent par leur perfection absolue la renommée de la typographie française devant la critique la plus méticuleuse. Le public, ne voyant que le résultat, c'est-à-dire un merveilleux volume, ne s'imagine pas les sacrifices indispensables pour atteindre à cette beauté.

Ainsi donc déjà, au point de vue de l'exécution matérielle, je suis obligé de payer mon hommage d'admiration à votre entreprise, elle vient en son temps; elle n'est pas seulement hardie, elle est généreuse. Elle est magnifique; mais elle est conçue dans ses véritables conditions : elle n'a que le luxe nécessaire pour répondre à la grandeur des choses, au juste orgueil du pays et à l'opinion des nations étrangères. La distribution si heureuse de l'illustration et du texte, la finesse, la fermeté, l'éclat du papier, l'emploi des caractères d'un œil si net, d'une forme si pure, jusqu'au velouté de l'encre, qui rend aussi bien les hachures de la gravure sur bois que le relief des lettres, tout indique de votre part la science profonde, comme aussi le concours des ouvriers les plus habiles.

Il y a des beautés de la nature et de l'art qui s'incorporent tellement en nous par la force de l'impression reçue, qu'elles transportent notre esprit d'admiration, et que nous les gardons à jamais en nous, comme la pierre taillée conserve son empreinte. L'art, le mécanisme et la brièveté laconique qui concentrent toute une longue description dans un mot, dans un dessin, ne vous font jamais défaut.

Mais j'ai hâte d'étudier sous un point de vue plus élevé un travail d'une telle intelligence. Partout y brillent la science, la réflexion, le goût; partout les mille aspects, la diversité, le mouvement, le langage de la poésie et de l'histoire; partout le luxe nouveau et merveilleux de la typographie. Votre nom, dès ce jour, se trouvera associé à ceux des hommes célèbres qui ont porté si haut cet art si pur, si délicat.

Je le dis avec bonheur, je ne suis jamais entré dans une imprimerie vouée à la propagation de l'utile, du vrai, du beau, du saint, que respectueusement et comme dans un temple de la pensée. Ne sont-ils pas, vous dirai-je avec M. Théophile Gautier, les frères des orateurs, des historiens, des moralistes, des poëtes, ces ouvriers qui soulèvent de nobles idées lettre à lettre, et donnent des ailes aux mots pour porter dans tout l'univers les enseignements de l'histoire, les exemples de la vertu et les grands principes sur lesquels repose le bonheur de l'humanité? Que n'étais-je encore dans votre belle Touraine lorsque MM. Girardet et Français, ces deux peintres qui ont si admirablement justifié votre choix, la parcouraient dans tous les sens! Je me serais surpris à désirer de me mettre à leur suite dans leur ravissante pérégrination au milieu de sites qui m'étaient si connus il y a trente ans. Tout a été visité par vos deux artistes; rien ne leur a échappé de cette province où l'œil voit surgir les plus beaux monuments et contemple à toute heure les horizons les plus gracieux. On ne pouvait être plus complet que vous avez su l'être. Vous faites passer devant nous les souvenirs les plus intéressants de notre histoire. Tantôt c'est Beaumont-lez-Tours avec ses ruines du XIᵉ siècle; Montlouis, où Henri II fit la paix avec saint Thomas de Cantorbéry, qu'il faisait assassiner si peu de temps après; la Bourdaisière, bâtie sous Charles VII, par un élève de Jacques Cœur. Tantôt c'est Véretz, qui joignait à l'élégance d'une architecture moderne les avantages d'une ravissante position; Cangé, avec la perspective de Moncontour, qui remplace Véretz, et n'est pas moins animé sous ses nouveaux maîtres [1] que ne l'était la magnifique demeure du célèbre abbé de la Trappe avant sa conversion.

Il me faudrait reproduire votre ouvrage tout entier, si je voulais me laisser aller au plaisir de mentionner tout ce qu'il m'a rappelé de grands souvenirs d'histoire. Voici le tombeau de saint Martin, où nos rois de France accourent en foule. Clovis, avant son baptême, était venu dire au grand thaumaturge: « Je vais combattre Alaric; si tu me fais obtenir la victoire, je l'amène en offrande un cheval de bataille. » Le fier Sicambre avait tenu son vœu; mais le roi guerrier s'était hâté de racheter pour trois cents pièces d'or ce compagnon de ses périls.

J'entre avec vous dans la toute petite église de Sainte-Catherine-de-Fierbois, où Jeanne d'Arc, après toutes les péripéties de son séjour à Chinon, vint prendre cette épée, la terreur des Anglais et le salut de la France. Je m'arrête devant Marmoutier, dont l'origine a précédé celle de la monarchie, et dont la célébrité n'était pas moins due à la vénération qu'inspirait son fondateur qu'aux richesses immenses que l'abbaye tenait de la piété des peuples et des rois.

Mais de tous les souvenirs rappelés par votre beau travail nul n'égale pour moi celui de Chenonceaux, domaine de Diane de Poitiers, et embelli par elle avec tant de goût et de magnificence. Plus tard, Catherine de Médicis ajouta encore à cette gracieuse demeure. Qu'il est magnifique ce péristyle qui forme le centre du bâtiment et se lie à de beaux pavillons par deux parties semi-circulaires! Quelle création d'architecture délicate que ces six arches soutenant la voûte de cette superbe galerie qui traverse le Cher! Quand on vous lit, on est sur les bords de la rivière; les bateaux passent avec une incroyable rapidité sous vos regards. Vous nous promenez dans ce parc immense qui s'étend sur un pays qui n'a aucun caractère prononcé, ne présentant ni plaines ni montagnes, mais une réunion de plaines et de charmantes collines à pentes douces, à cimes arrondies, boisées et verdoyantes, et dont les aspects sont entrecoupés et embellis par les eaux des vallées. La manière dont

---

[1] Cangé appartenait alors à la famille de Richemont.

vous avez décrit et peint toutes ces choses, nous fait oublier de chercher comment étaient ces deux rives du Cher avant que le génie des jardins s'en fût emparé. Toutes les beautés y sont si naturelles, qu'on ne pense pas à l'architecte paysagiste qui a disposé du sol et des accidents du terrain avec tant d'habileté. Oui, Monsieur, avec votre livre on rencontre, dans les belles campagnes de votre Touraine, d'autres attraits que leur fertilité. C'est mieux que le jardin de la France, c'est une des contrées du monde les plus riches en monuments et en souvenirs.

Je dois aussi, avant de finir, un hommage particulier au choix que vous avez fait des dessins de votre ouvrage. J'ai regardé avec un charme inexprimable la tour de Loches et l'église sans pareille de Saint-Ours, Langeais, Montrésor, Ussé, Monnaie, Reugny, Cravant, Villandry, Sepmes, Montgoger, La Roche, Vouvray, Fontenaille, Beaumont-la-Ronce, Valmer, Champigny avec sa Sainte-Chapelle, Vernou avec ses parcs, ses serres, ses ponts, ses canaux, ses bosquets.

Le crayon de vos artistes a fait revivre dans votre ouvrage toutes ces merveilles. L'histoire et la description du château d'Amboise demanderaient un volume. Je passe encore sous silence Grandmont, cette ancienne et ravissante villa de vos archevêques.

Je n'ai pas oublié l'admiration excitée à l'exposition universelle par l'exemplaire imprimé sur vélin que vous vous étiez réservé comme le plus beau fleuron de votre couronne typographique. Je ne dis rien ici de notre cher abbé Bourassé. J'ai déjà eu

l'occasion de lui payer mon tribut d'admiration pour la part qu'il a prise à cette grande œuvre.

Vous avez bien fait de donner la liste des noms de tous ceux qui y ont travaillé : archéologues, peintres, graveurs, ornementistes, imprimeurs. C'est un acte de justice et un noble encouragement aux talents les plus modestes.

Votre immense et consciencieux volume aura son charme et son utilité à une époque où tant d'hommes, livrés aux plaisirs ou préoccupés d'affaires si diverses, recherchent une instruction qui ne demande pas l'application de trop longues heures. Les grands développements de la science approfondie paraissent arides et monotones ; notre siècle aime le savoir facile ; il lui faut la variété des sujets, comme celle des mets d'un festin. Vous avez répondu à ce besoin universel. D'autres générations peut-être se mettront à aimer les ouvrages de longue haleine, comme ceux qui firent la gloire des grands siècles. Votre beau livre restera parmi les travaux les plus remarquables de notre période industrielle, et vous nous avez donné le droit de dire que, quel que soit le nombre des productions que la littérature a entassées dans ce siècle, nous n'aurions pas à nous plaindre si nous pouvions en rencontrer beaucoup de semblables à l'*Histoire et Monuments de la Touraine*.

Agréez, Monsieur, la nouvelle assurance de mes sentiments les plus distingués.

† FERDINAND, Cardinal DONNET,
Archevêque de Bordeaux.

LE PALAIS DE L'EXPOSITION

N° du 1er juillet 1855.

La librairie Mame, fondée à Tours vers le commencement du siècle, envoya pour la première fois, en 1849, ses produits à l'exposition de l'industrie française. Ils valurent au chef de cette importante maison une médaille d'or, décernée par le jury, et S. A. le prince président remit à M. Ad Mame la croix de chevalier de la Légion d'honneur.

Depuis 1849 M. Mame, qui dirige lui-même ses nombreux ateliers, a employé son temps, son intelligence et sa fortune non-seulement au perfectionnement des livres qu'il imprime, mais encore à l'amélioration de la condition des ouvriers qu'il emploie ; nous avons visité son établissement en détail, et nous devons dire que nulle part en Europe nous n'avons

été à même de voir une imprimerie établie sur une aussi vaste échelle, administrée avec un ordre aussi parfait, et où les ouvriers et leur patron nous aient semblé marcher vers un but commun dans un accord aussi complet.

L'immense personnel employé par M. Mame éprouve pour son chef une vive affection, dont il lui a souvent offert les témoignages profondément sentis ; tous ses ouvriers, de quelque condition qu'ils soient, sont fiers d'appartenir à une institution dont la France peut se glorifier, et qui est la plus vaste, la plus gigantesque usine consacrée à l'élaboration de la subsistance intellectuelle et morale du clergé, des communautés, des écoles et des institutions.

La librairie de la maison Mame a toujours dans ses galeries un million et demi de livres, dont les reliures simples ou élégantes proviennent également des ateliers de l'établissement, où 1,200 ouvriers relieurs, hommes, femmes et enfants, cartonnent les modestes livres de classe, ou gaufrent en or et argent les élégants missels et les livres d'office recouverts en basane, en chagrin ou en velours.

L'impression des planches qui ornent ces ouvrages occupe un atelier spécial, contenant vingt presses de taille-douce toujours occupées. La production des ateliers d'imprimerie est de quinze mille volumes par jour. Enfin, la maison Mame, exclusivement consacrée jusqu'à présent à la production des livres d'éducation et de piété, est la gloire industrielle de la province dans laquelle elle s'est établie il y a cinquante ans.

Lorsque fut annoncée la grande exposition de 1855, M. Mame comprit que les récompenses déjà reçues par lui l'obligeaient en quelque sorte à de nouveaux efforts, qu'elles lui imposaient le devoir de se placer en première ligne parmi les industriels français qui soutiendraient la lutte contre les imprimeries de Vienne et de Londres; et alors il arrêta dans sa pensée la publication d'une histoire illustrée de la Touraine. Ce qu'il lui a fallu dépenser pendant trois ans de soins, d'intelligence, de fatigue et de patience, pour arriver au beau résultat dont nous nous occupons aujourd'hui, ceux-là seuls peuvent le comprendre qui se sont consacrés à l'accomplissement d'une grande œuvre.

Pour la première fois, M. Mame abordait les difficultés d'une impression monumentale; il lui fallait tout créer, le texte de l'ouvrage et ses illustrations, il lui fallait rassembler autour de lui les collaborateurs de sa glorieuse entreprise, auteurs, peintres, dessinateurs, graveurs et fabricants. Il lui fallait aussi choisir dans ses ateliers les ouvriers les plus intelligents, pour oser entreprendre avec eux une œuvre qui dépasserait en importance toutes celles exécutées jusque-là. M. Mame osa ne pas douter du succès, et le succès a répondu à son attente. Auteurs, peintres, dessinateurs et graveurs, ont été mus par une noble émulation, et nous ne pensons pas qu'un livre plus beau soit depuis longtemps sorti des presses de l'imprimerie française.

La Touraine restera, parmi les types de la typographie française, comme un travail digne des successeurs les plus renommés d'Ulrich Gering, Martin Crantz et Michel Friburger, les premiers imprimeurs appelés d'Allemagne à Paris, en 1469, par Guillaume Fichet et Jean de la Pierre, docteurs en théologie; ce beau volume place M. Mame, qui en a conçu la publication et qui l'a fait exécuter, au premier rang des grandes illustrations de la typographie.

Ce ne sont pas seulement les dessins si remarquables de MM. Karl Girardet et Français qui attirent l'attention sur cette Touraine illustrée, dont le texte, confié à la direction de M. l'abbé Bourassé, mérite également les plus grands éloges; la Touraine, à ne considérer cette publication qu'au point de vue typographique, est réellement un chef-d'œuvre. M. Mame n'a rien négligé pour la rendre digne de figurer à l'exposition universelle, pour qu'il puisse soutenir la comparaison avec les produits des imprimeries impériales de France et d'Autriche et avec ceux des imprimeries de Londres.

Des caractères ont été spécialement fondus et gravés pour l'impression des différents textes; les types adoptés sont élégants et d'un goût sévère; le papier, par sa fabrication, accuse un progrès incontestable, et nous permet d'espérer la résurrection de ces pâtes solides qui rendent si précieuses les vieilles éditions dues à nos anciennes imprimeries. Le tirage, par son égalité, rappelle les plus beaux livres des XVIᵉ et XVIIᵉ siècles; le ton de l'impression, d'un noir intense sans dureté, n'est nulle part déparé par des gris discordants, par des empâtements désagréables à l'œil.

Ainsi que nous l'avons dit, ce splendide volume serait remarquable indépendamment du texte et des gravures, et les bibliophiles lui réserveraient une place dans leurs bibliothèques; mais le texte, dépouillé de ses illustrations, reste une œuvre destinée à constater le mérite et la science des membres de la Société archéologique de Touraine, une des plus laborieuses et des plus savantes parmi celles qui se sont vouées, en France, à la conservation des monuments.

Quant à MM. Karl Girardet et Français, leur talent s'est encore surpassé dans l'illustration de la Touraine, et les graveurs au burin ou sur bois qui les ont interprétés se sont montrés dignes d'avoir été choisis pour concourir au succès de cette œuvre vraiment nationale : éditeur, artistes, ouvriers, tous ont mérité des éloges; car tous, dans la mesure de leurs forces et avec la conscience de la mission qu'ils accomplissaient, ont concouru à l'érection d'un monument typographique qui gardera sa place dans les annales de l'imprimerie française. Tous ont mérité d'être nommés, et nous ne saurions mieux terminer cet article qu'en imitant M. Mame, qui leur a fait signer le livre de la Touraine sur une dernière page, au milieu d'un encadrement, petit chef-d'œuvre de gravure sur bois.

H. DE VIEL-CASTEL.

LE MONITEUR DES EXPOSITIONS UNIVERSELLES

N° du 24 juin 1855.

La maison Mame, de Tours, est un des plus grands établissements d'imprimerie et de librairie que nous possédions en France. Fondée il y a une cinquantaine d'années, dirigée aujourd'hui, en ce qui concerne les impressions, par un des imprimeurs de Paris à qui l'on a dû les plus belles éditions de livres illustrés, M. Henri Fournier, elle n'a encore paru qu'à deux expositions : celle de France en 1849, où elle a obtenu une médaille d'or; et l'exposition universelle de Londres, en 1851, où elle a été classée parmi les imprimeries du premier ordre, et où elle a reçu à ce titre la *médaille de prix*.

MM. Mame et Cie ont fabriqué, tout exprès pour la présente exposition, un volume chef-d'œuvre in-folio intitulé *la Touraine*, composé sous la direction de M. l'abbé J.-J. Bourassé, correspondant du comité de l'histoire, de la langue et des arts de la France, président de la Société archéologique de Touraine, qui a tenu à honneur de fixer dans un texte à la fois précis et éloquent les fastes historiques et artistiques de cette importante province de la France. Comme art typographique, comme ornement, comme illustration, comme fabrication matérielle, il est impossible de faire mieux que ce volume, qui contient quatorze estampes gravées sur acier, quatre planches imprimées en couleurs, une carte coloriée comprenant la province de Touraine et le département d'Indre-et-Loire, et plus de trois cents gravures sur bois de toutes dimensions représentant des scènes historiques, des portraits, des paysages et des monuments. Toutes ces gravures sont faites d'après les dessins de deux artistes très-distingués, MM. Karl Girardet et Français, qui sont restés dans cette œuvre, c'est tout dire, à la hauteur de leur réputation; les ornements dessinés par M. Catenacci témoignent d'une étude approfondie de la renaissance et d'un grand talent d'ajustement. Après l'*Imitation de Jésus-Christ*, dont j'ai parlé dans un de mes précédents articles, *la Touraine*, de MM. Mame, occupe le premier rang comme spécimen d'impression de luxe; encore est-il juste de reconnaître qu'on ne doit établir entre ces deux livres aucun parallèle, puisque le premier, établi à grands frais par l'imprimerie du gouvernement, a été tiré sur des presses à bras, et reste, en raison des dépenses qu'il a occasionnées, en dehors des produits

destinés au commerce et à la circulation (si la vente était autorisée, chacun des exemplaires devrait être vendu au moins deux mille francs), tandis que le volume de *la Touraine* est exécuté dans les données de la belle librairie illustrée, et est coté dans le commerce au prix de cent francs.

La maison Mame s'occupe spécialement de librairie et de reliure; les volumes qu'elle imprime et édite sortent de ses ateliers tout fabriqués et tout reliés, prêts à prendre place dans les bibliothèques. Comme librairie elle a la spécialité des livres destinés à l'enfance et à la jeunesse et des livres de piété, conformes tant au rit romain qu'au rit parisien. Les bibliothèques du jeune âge, de la jeunesse chrétienne, des écoles chrétiennes, en format in-8° et in-12, se composent de livres contrôlés et vérifiés par des comités ecclésiastiques, et comportent non-seulement des ouvrages d'éducation, mais encore des romans, des voyages, des contes, etc.; ils figurent par milliers dans les bibliothèques des jeunes filles et font les frais des distributions de prix des pensionnats. Ce n'est pas qu'ils soient toujours d'une littérature très-élevée. Je n'aime pas beaucoup, pour mon compte, ces collections dans lesquelles on ne fait entrer quelques chefs-d'œuvre de nos grands écrivains qu'après les avoir soumis à un travail d'expurgation et de mutilation qui leur fait perdre toute leur saveur littéraire, en dénature l'esprit, en change la moralité sous prétexte de l'améliorer; j'estime qu'il vaut mieux ne point laisser lire *Télémaque* et *Paul et Virginie* aux enfants que de leur faire lire un faux *Télémaque* et un faux *Paul et Virginie;* que doivent-ils penser de leurs précepteurs le jour où, le livre véritable leur tombant par hasard sous les yeux, ils s'aperçoivent qu'on les a trompés? Rien n'est plus dangereux, à mon avis, que de tromper la jeunesse; ne peut-on pas ajouter aussi qu'il y a une sorte de sacrilège littéraire à porter la main sur les grands chefs-d'œuvre de l'esprit humain pour les accommoder à la pensée d'une époque, d'une école, ou souvent même d'une coterie? Cependant je ne puis m'empêcher de reconnaître qu'il y a, d'un autre côté, un certain avantage pour les familles à trouver ainsi des collections de livres parmi lesquels on peut choisir avec toute sécurité les lectures des enfants, sous la responsabilité même des éditeurs. Dans une époque où le travail est la loi et le besoin de chacun des chefs de famille, où bien peu de pères par conséquent ont le loisir de s'occuper de l'éducation de leurs enfants, de surveiller même leurs lectures des heures de récréation, des jours de congé; on est heureux de pouvoir, grâce à la garantie qu'offre un nom d'éditeur, se dispenser de juger soi-même les livres qu'on met en de jeunes mains. Cette garantie a énormément contribué, on n'en peut douter, au grand succès des collections de la maison Mame.

Pendant longtemps il en a été ainsi dans les diverses spécialités de la librairie. Chaque éditeur, se considérant comme responsable en quelque sorte, vis-à-vis du public, de la pensée philosophique ou politique, de la valeur morale, de l'intérêt, soit historique, soit romanesque, de la forme littéraire des livres qu'il mettait en circulation, lisait lui-même ou faisait lire par des hommes capables de les juger tous les manuscrits dont il entreprenait l'impression. De cette façon, l'acheteur attribuait une signification réelle au cachet de l'éditeur, et n'était jamais exposé, en se fiant à cette garantie, à de tristes déceptions.

Julien LEMER.

L'ALBUM IMPÉRIAL DE L'INDUSTRIE

N° du 12 février 1857.

« Il est au centre de notre belle France, dit M. de Saulcy, une contrée belle par-dessus toutes les autres, que l'on parcourt pour la première fois avec bonheur, et que l'on revoit toujours avec un plaisir plus vif; c'est la Touraine, que la douceur de son climat et le charme de ses sites ont fait surnommer le Jardin de la France. »

Or c'est dans ce délicieux pays, tant vanté par les voyageurs et si souvent chanté par les poëtes, que M. Amand Mame établit, à la fin du siècle dernier, une modeste imprimerie qui devait grandir rapidement et égaler un jour la renommée des anciennes typographies les plus estimées. Comme dans les familles des Estienne, des Didot et autres, les fils ont continué l'œuvre du père, et aujourd'hui la maison Mame, fondée à Tours en 1799, est arrivée au plus haut point; sa place est désormais marquée au premier rang de la typographie française, et c'est à ce titre que nous l'inscrivons dans notre recueil consacré aux gloires industrielles.

Rien n'est plus commun, on le sait, qu'une imprimerie livrant journellement au commerce les produits de ses ateliers; mais ce qui ne se rencontre pas ailleurs, c'est une immense usine, comme celle de Tours, qui exécute par elle-même les travaux ordinairement divisés de l'éditeur, de l'imprimeur, du libraire et du relieur, avec toutes les fonctions accessoires du dessinateur, du graveur, de l'imprimeur en taille-douce; où le livre, en un mot, entre manuscrit, peut être créé sous toutes les formes, puis ensuite passer directement et sans intermédiaire entre les mains de l'acheteur, dans tous les genres de confection, les plus riches comme les plus simples.

Telle est aujourd'hui l'imprimerie de M. Mame à Tours, et l'on peut affirmer sans crainte qu'elle occupe en ce moment une position unique, qu'elle est la seule ainsi établie, soit en France, soit à l'étranger.

La pensée qui a dirigé l'extension de cet établissement a toujours eu en vue trois points principaux, savoir : l'esprit de ses publications, toutes consacrées à la propagation des principes religieux et moraux; la modicité inouïe de ses prix; et enfin des conditions irréprochables de fabrication.

Son fonds de librairie se divise en trois branches principales, qui sont : 1° les livres de liturgie, d'offices et de piété; 2° les livres d'enseignement primaire; 3° les livres d'éducation. Tous ces volumes sont créés par une vaste imprimerie pourvue de vingt presses mécaniques, machines à glacer et à couper le papier, toutes mues par la vapeur, et qui chaque jour peut en enfanter quinze mille environ, en prenant pour moyenne un volume in-12 de dix feuilles.

A côté de cet atelier, on a construit un atelier spécial pour l'impression en taille-douce, et qui emploie également vingt presses. Enfin la reliure occupe un vaste bâtiment construit spécialement pour cet usage, et dont l'établissement était indispensable pour une maison semblable à celle de M. Mame.

Il n'existe peut-être pas de confection aussi chargée de détails que la reliure, et peu de personnes, lorsqu'elles feuillettent un volume relié et doré sur tranche, peuvent soupçonner que ce volume a passé successivement par plus de quatre-vingts mains, depuis le moment où il est sorti de la presse. Pour suffire à tant de détails, pour trouver la célérité en même temps que l'économie, il a donc fallu réunir sur un point tout ce qui était nécessaire, et la maison Mame a fait établir quatre immenses salles pourvues de toutes les machines et instruments nécessaires à la reliure, et pouvant contenir aisément plus de mille ouvriers.

On comprend tout ce qu'il est possible de faire avec de pareils moyens d'exécution. Aussi avons-nous vu des volumes in-18 de 800 pages, reliés en basane gaufrée, livrés au commerce au prix inconcevable de 1 franc, et d'autres volumes in-32 de 320 pages, au prix de 35 centimes. Puis, à côté de ces modestes volumes, l'établissement dont nous parlons offre encore des Missels richement reliés en maroquin du Levant, à tranche ciselée et de couleurs, ou des Paroissiens en cuir de Russie, dont le travail peut être mis en comparaison avec celui de nos premières maisons de Paris. Or cela s'explique par ce fait bien réel qu'une fabrication pratiquée en grand et confiée à des spécialités permet à l'ouvrier d'améliorer sans cesse un travail dont il fait son étude constante, et recule ainsi les limites connues d'une industrie.

N'oublions pas de mentionner encore que tous les ouvrages composant le fonds de librairie de M. Mame, livres d'histoire, voyages, contes, nouvelles, ou livres de piété, sont ornés de belles gravures composées et dessinées par les artistes les plus renommés, et exécutées sur acier par des burins d'une habileté éprouvée. Ce sont autant d'éditions illustrées, autant de livres de luxe dans toute l'acception du mot.

Telles sont en quelques lignes les productions de cet immense établissement, que l'on visite maintenant comme une des curiosités de notre France. La maison Mame fait vivre, dans la ville de Tours, plus de douze cents travailleurs, sans parler des autres industries dont elle appelle la coopération, et parmi lesquelles il faut citer les papeteries, les fonderies de caractères, les fabriques d'encre et de carton, les peausseries, etc. Par un concours de dispositions qui se rencontre fort rarement dans les usines, ses ateliers, entourés de jardins, sont chauffés pendant l'hiver par des calorifères réglés à une température égale; enfin ils réunissent tous les éléments d'une salubrité parfaite, et offrent aux nombreux enfants qu'elle occupe un abri beaucoup plus sain que l'habitation paternelle.

Nous venons de parler des ateliers de la maison Mame, et nous avons signalé ces jolis petits livres que nous voyons partout et qui sont d'un prix si bas, en même temps qu'ils sont d'une fraîcheur et d'une élégance si merveilleuses; mais il est un ouvrage des plus remarquables, un magnifique volume, sorti des presses de cet établissement, sur lequel nous désirons particulièrement attirer l'attention. Nous voulons parler de *la Touraine*, chef-d'œuvre de typographie qui a été conçu par son éditeur comme une entreprise toute nationale, non-seulement quant à la province qui est le siége de son établissement, mais aussi par rapport à la France, dont cette province est le spécimen le plus heureusement choisi.

La Touraine fit son apparition au moment où la lice s'ouvrait à l'émulation de tous les peuples, et où il importait d'établir à tout prix la supériorité de la typographie française. Or, pour la réalisation de cette pensée, M. Mame ne recula devant aucun sacrifice de soins, d'argent et de patience. C'était plus qu'une bonne pensée, c'était une bonne action, et l'honorable éditeur en recueillit bientôt le fruit, car le jury de l'exposition universelle lui décerna la grande médaille d'honneur.

Le magnifique ouvrage exposé par M. Mame, livre dont il vient d'être fait une nouvelle édition, est un petit in-folio richement illustré. La composition et le dessin des paysages, des monuments et des vignettes sont dus au talent si connu et si recherché de MM. Karl Girardet et Français; les ornements sont dessinés par M. Catenacci avec ce goût d'ajustement et cette connaissance approfondie de la renaissance qui placent cet artiste au premier rang parmi ceux qui cultivent la partie la plus ingrate de l'art, l'ornement.

Examinée dans son ensemble, *la Touraine* est donc un livre admirable, qui témoigne à chaque page des soins minutieux dont sa confection a été l'objet. Les caractères sont nets, le papier est d'une pureté et d'une blancheur remarquables, les gravures sont parfaitement exécutées. Mais il est nécessaire de constater aussi que la composition du texte répond à l'exécution matérielle.

M. Mame a voulu intéresser et instruire tout à la fois. Or, pour atteindre complétement ce but, il fallait joindre à l'érudition de l'historien la science de l'archéologue, les connaissances du naturaliste et du géologue, le goût de l'artiste et l'imagination du poëte. En conséquence, l'intelligent éditeur s'adressa à la Société archéologique de Touraine, une des plus laborieuses et des plus actives parmi celles qui se sont donné pour mission l'histoire et la conservation des monuments de la France; et la Société, composée d'antiquaires et d'érudits, voulut coopérer presque tout entière à cette œuvre, sous la direction de son président, M. l'abbé Bourassé. Puis on confia à des mains habiles, à des talents reconnus, à des artistes éprouvés, le soin de reproduire fidèlement les châteaux anciens ou modernes et les sites pittoresques; enfin, à l'aide des ressources de la typographie, on fit de ce livre un monument, un chef-d'œuvre, qui a reçu l'approbation de tous ceux qui s'intéressent aux progrès de l'art, qui a valu à son auteur la plus haute récompense donnée à l'exposition universelle, qui a même obtenu l'approbation des concurrents de M. Mame dans cette lutte, où nous avons pu voir tous les plus beaux noms, toutes les gloires de l'imprimerie moderne.

On aime à voir ainsi le goût se soutenir, et l'art marcher constamment vers une perfection plus grande. Nous avons eu le bonheur d'examiner la deuxième édition de *la Touraine*, et cette nouvelle édition nous a paru peut-être encore supérieure à la première. Le papier en est certes plus beau, et quelques gravures sur bois, retouchées avec soin, ont beaucoup gagné à l'impression.

En résumé, tous les livres sortis de l'imprimerie de M. Mame nous prouvent que cet habile imprimeur ne s'arrête pas dans la voie du progrès. Chaque jour il s'entoure de nouveaux talents, de nouvelles spécialités, qu'il sait encourager et récompenser. Il travaille, il polit constamment son œuvre, et tout nous montre qu'il tient à conserver la place qu'il a prise à la tête de l'imprimerie française.

Pendant un demi-siècle la maison Mame s'est accrue successivement de tous les ateliers nécessaires à son exploitation et propres à recevoir un nombreux personnel. Elle s'est élevée en silence; puis un jour elle se montra pour la première fois, à l'exposition de 1849, avec sa richesse de détails et ses charmantes compositions. Cette apparition lui valut la médaille d'or. A l'exposition de Londres elle fut classée parmi les imprimeries du premier ordre, et la *médaille de prix* lui fut conférée par le jury. Enfin, à l'exposition universelle de 1855, elle a obtenu la plus haute distinction, la grande médaille d'honneur.

De telles récompenses, accordées successivement et en si peu de temps, ne laissent plus rien à désirer. L'imprimerie-librairie de M. Mame occupe le premier rang, et tout nous fait espérer qu'elle saura le garder encore pendant longtemps.

Eugène d'AURIAC.

GAZETTE HEBDOMADAIRE DE MÉDECINE ET DE CHIRURGIE

Nº du 21 septembre 1855.

. . . .
Je ne puis cependant vous refuser un moment d'arrêt devant cette magnifique armoire où les reliures dominent, mais où quelques volumes ouverts appellent notre admiration sur la pureté de gravure des caractères, sur le goût exquis qui a présidé aux ornements des pages, sur la netteté irréprochable de l'impression. J'apprécie avec vous l'avantage que présenterait aux médecins un imprimeur-éditeur qui leur fournirait ses livres avec des reliures partant de la modeste basane pour s'élever jusqu'au luxueux maroquin d'Orient; je ne détournerai même pas vos yeux des perfides étiquettes qui trahissent le bon marché de tous ces petits chefs-d'œuvre. Puis si vous me demandez pourquoi je ne vous offre pas, sous cette forme séduisante et avec des prix aussi microscopiques, les œuvres de nos professeurs, je vous dirai : « Vous êtes tout simplement ici devant l'exposition de M. Mame, de l'éditeur distingué qui a opéré une révolution dans la librairie d'éducation. M. Mame n'imprime que pour son propre fonds, et il n'imprime pas *la médecine*. S'il lui plaisait d'aborder *notre partie*, il y introduirait certainement de grandes améliorations; mais, comme nous, il rencontrerait des obstacles contre lesquels échouerait peut-être son incontestable habileté. Il ne pourrait aller chercher à deux ou trois cents kilomètres de Paris la main-d'œuvre à bon marché, parce que vous avez besoin, messieurs les docteurs, d'avoir sous la main l'imprimeur, que vous écrasez de corrections. Enfin, au lieu de tirer à 12,000 un Paroissien qui s'adresse à tous, ou un livre d'éducation qui restera immuable pendant un demi-siècle, il oserait à peine imprimer 1.200 exemplaires d'un ouvrage que vous traiterez d'arriéré avant deux ans, vu le train dont vous menez la science. Vous le voyez, tout est pour le mieux dans le meilleur des commerces bibliographiques. » Cherchons nos deux libraires.

Victor MASSON.

JOURNAL DE L'IMPRIMERIE ET DE LA FONDERIE

PUBLIÉ PAR LE Dr HENRI MEYER, A BRUNSWICK

Extrait du n° 20 de l'année 1855 (Traduit de l'allemand).

L'édition illustrée d'une histoire de ce beau jardin de Dieu, *la Touraine, histoire et monuments*, publiée par MM. Mame et Cⁱᵉ, à Tours, est, sous tous les rapports, une perle de l'exposition. Ce fut une idée on ne peut plus heureuse des éditeurs de prendre pour sujet de leur livre cette partie de la France, qui comprend une de ses plus agréables provinces, riche en beautés naturelles, en monuments grandioses et en ruines pittoresques, en campagnes attrayantes et en souvenirs historiques d'un si vif intérêt. MM. Mame et Cⁱᵉ ont obtenu, pour le texte de ce bel ouvrage, le concours de M. l'abbé Bourassé, président de la Société archéologique de Touraine. Cette Société, réputée l'une des plus actives et des plus riches de la France, a prêté le concours le plus zélé et le plus étendu à une publication si importante. Pour les gravures, on a su s'attacher deux peintres de mérite, MM. Karl Girardet et Français; en jugeant de leur talent d'après leurs œuvres, il aurait été difficile de trouver des artistes plus habiles.

Cet ouvrage admirable contient 600 pages de texte petit in-folio, quatre planches imprimées en couleur, une carte coloriée de la Touraine et du département d'Indre-et-Loire, plus de trois cents gravures sur bois, dont la plupart, de très-grande dimension, représentent des scènes historiques, des portraits, des monuments et des paysages de toutes sortes, et quatorze magnifiques gravures sur acier. Les originaux de ces dernières furent exécutés à l'huile par ces peintres; mais les modèles des gravures sur bois étaient, à ce qu'on nous a assuré, dus à la photographie, ce qui a permis de reproduire les monuments et les vues pittoresques avec la plus scrupuleuse exactitude. Plusieurs ornements style renaissance ont été dessinés par M. Catenacci, et les impressions, en couleurs, du frontispice et des blasons des familles illustres imitent d'une manière très-heureuse le pinceau du peintre. Non contents d'avoir fait, sous le rapport scientifique et artistique, un ouvrage du premier ordre, les éditeurs ont encore apporté tous les soins possibles à en faire un monument typographique. Les caractères dont on s'est servi ont été gravés exprès; les formes qu'on leur a données sont gracieuses et correctes. Pour le papier, on s'est adressé aux fabricants français du premier ordre, et l'on a choisi parmi leurs produits ce qui pouvait exister de mieux quant à la pureté, à la fermeté et à la beauté de la pâte. Avec cet excellent matériel et les meilleurs accessoires, l'imprimeur a montré dans l'accomplissement de sa tâche des soins et un goût si parfaits, qu'il mérite d'être placé au rang des premiers typographes. Ce qui lui a créé de nouvelles difficultés d'exécution, c'est le tirage d'un exemplaire sur peau de vélin, d'une perfection admirable, et obtenu, comme le tirage ordinaire, à l'aide d'une machine.

Nous doutons que jamais il ait paru un livre de cette dimension tiré sur vélin. La teinte blanche des feuilles est si pure et si égale, qu'il a fallu sans aucun doute choisir parmi des centaines de peaux pour en trouver le nombre voulu de cette nuance. Ce chef-d'œuvre de l'imprimerie est dû à un simple particulier dont l'établissement date à peine d'un demi-siècle, et qui s'est élevé peu à peu à cette hauteur, sans subvention du gouvernement, sans autre aide que l'énergie et l'intelligence des chefs, au point de surpasser aujourd'hui tous ceux de son genre qui existent tant en France qu'à l'étranger.

Là on ne s'occupe pas seulement de l'impression des ouvrages; on y fait encore tout ce qui s'y rattache, comme dessins, gravures, impression en taille-douce, reliure, etc.; de sorte que, sans intermédiaires, on y achève tout ce qui concerne l'imprimerie, et que chacun de ses produits en sort prêt à être livré au commerce.

Le propriétaire de cet établissement dit, dans une note publiée à ce sujet, que l'idée qui a guidé et qui a donné à sa maison un grand développement repose sur trois principes : d'abord un ensemble de publications ayant toutes pour but la propagation de la morale et de la religion, et pour contrôle l'examen sévère des textes par les autorités compétentes; ensuite la modicité des prix, qui ne peut être atteinte que par une production considérable, et enfin une exécution irréprochable, malgré l'emploi de tant de mains différentes. Ce programme a été fidèlement rempli; nous en avons la preuve dans la riche exposition de cette maison, qui a montré des centaines de livres de piété, des livres de liturgie et des ouvrages à l'usage de la jeunesse, les uns établis de la manière la plus simple, avec des reliures de quelques centimes seulement, les autres offrant le plus grand luxe et des reliures de 200 francs. Cet assortiment est pour le relieur une excellente école

TABLE

—◦◦◦—

PREMIÈRE PARTIE — NOTICE

Avant-propos. 1
Coup d'œil général 3
Imprimerie. 7
Reliure. 8
Librairie. 9
Illustrations, dessins, gravures en taille-douce, gravures sur bois. 11
Résumé. 12

DEUXIÈME PARTIE — EXPOSITIONS

Exposition française de 1849. 15
—   universelle de Londres (1851). . . . . Ib.
—   universelle de Paris (1855). . . . . Ib.

TROISIÈME PARTIE — *TESTIMONIA*

Association des Imprimeurs de Paris, extrait du compte rendu de l'exposition universelle de 1855. 17
Chambre des Imprimeurs de Paris. 18
Le Moniteur universel, feuilleton du 24 juillet 1855. . . . . Ib.
—   —   feuilleton du 22 août 1855. 19
—   —   feuilleton du 31 décembre 1856. 20
—   —   feuilleton du 1er décembre 1857. 22
Journal des Débats, n° du 2 septembre 1855. 24
—   —   n° des 2 et 3 novembre 1855. 25
Le Constitutionnel, feuilleton du 27 septembre 1855. 26
—   n° du 22 décembre 1856. 27
Le Siècle, n° du 22 novembre 1855. 29
—   n° du 17 décembre 1856. 31
—   n° du 20 août 1859. 34

L'Union, n° du 29 novembre 1856. . . . . *Ib.*

L'Assemblée nationale, feuilleton du 27 décembre 1856. 37

La Patrie, n° du 18 juin 1855. 40

Le Pays, n° du 7 août 1855. 41

L'Univers, feuilletons des 26 juin et 7 juillet 1855. 43

L'Illustration, n° du 28 juillet 1855. *Ib.*

The illustrated London News, november 10, 1855. 46

Revue des Deux Mondes, n° du 1er juillet 1855. 47

— — n° du 1er août 1855. 48

L'Indépendance belge, feuilleton du 29 juillet 1855. 50

Lettre de S. Ém. M⁰ʳ le Cardinal DONNET, Archev. de Bordeaux, à M. Mame; Paris, 12 mars 1857. *Ib.*

Le Palais de l'Exposition, n° du 1er juillet 1855. 52

Le Moniteur des Expositions universelles, n° du 24 juin 1855. 54

L'Album impérial de l'Industrie, n° du 12 février 1857. 55

Gazette hebdomadaire de Médecine et de Chirurgie, n° du 21 septembre 1855. . 57

Journal de l'Imprimerie et de la Fonderie, à Brunswick, extrait du n° 20 de l'année 1855. . 58

www.ingramcontent.com/pod-product-compliance
Lightning Source LLC
Chambersburg PA
CBHW070807260626
47161CB00006B/2189